JN216629

巻き込まれて
異世界転移する奴は、大抵チートΩ
オメガ
海東方舟
ILL. かぼちゃ

小鳥遊(たかなし)強斎(きょうさい)
超絶チート！ 世界の謎を解くため、一時的に魔界に来ている。
鈴木(すずき)勇志(ゆうし)
ドレット王国の勇者であり、強斎の友人。「聖騎士化」の能力を手に入れた。
ゼロ・ヴァニタス
虚無の精霊王であり、最強の魔神。強斎を主人と認めている。

キャルビス
強斎に負けた、元魔王。わがまま放題の強斎に手を焼いている。
天照大神
突然現れた、謎の女神。強斎の秘密を知っているっぽいが……？
謎の老人
最強と謳われる魔王。どうやらゼロと知り合いっぽいが……？

ついに、勇志たちの『神化契約』が発動する！

「僕の中に何がいるか知らないけど……
抗ってあげるよ、全力でね」

巻き込まれて異世界転移する奴は、大抵チート

He is a matchless
warrior in
different dimension world!

Ω（オメガ）

海東方舟

ILL. かぼちゃ

CONTENTSっぽい

73話 ボロボロの天使っぽい 004

74話 ヴァルキリーの疑惑っぽい 016

75話 勇者たちの休暇っぽい 023

76話 勇者とヴァルキリーっぽい 033

77話 澪が契約するっぽい 040

78話 ダブルデートっぽい 051

79話 勇志の謎っぽい 064

80話 あの時の草原っぽい 073

81話 勇志と謎の声っぽい 083

82話 強斎VSゼロっぽい 090

83話 キャルビスとルナっぽい 103

する奴は、大抵チートΩ

84話 禁忌魔術っぽい 112

85話 最強の大魔王っぽい 122

86話 強斎の推測っぽい 154

87話 澪が帰ってきたっぽい 164

88話 澪の天使化っぽい 173

89話 魔界へ旅立つっぽい 195

90話 迎え撃つっぽい 203

91話 眷属VS勇者っぽい 210

92話 再会っぽい 229

書き下ろし短編Ⅰ 聖夜とお正月っぽい 244

書き下ろし短編Ⅱ バレンタインデーっぽい 268

73話 ボロボロの天使っぽい

「このダンジョンで何が起こっているんだ……」

強斎はそんなことをぼやきながら、一層一層丁寧に探索をしていく。


ここは大迷宮『コトリアソビ』。

歴代最下層を誇る全百層の巨大な迷宮であり、その難易度も、人間では到底踏破することは不可能。

一桁台と十番台の階層は比較的安全で、フロアを照らす灯りも十分に保たれており、魔物に不意打ちをくらうようなことはない。かつ、簡易的な構造をしているので迷うことも少なく、それなりに腕が立つ者ならば死ぬことはまずないであろう。

だが、20階層まで行くと、話は変わってきてしまう。

即死級の罠こそないが、ランク10前後の魔物がうろつくようになっている。

ランク10といえば、人間界と魔界の境界付近に生息するレベルの凶悪な魔物であり、普通の冒険者ならば一撃を食らっただけで即ご退場となってしまうだろう。

そして30階層……ここまで来ると、大抵は竜を殺せるほどの実力がないと踏破できないレベルだ。

そして、ただ単純に強いだけではなく、迷宮で生き残るための知恵とスキルが必要となってくる。

このように、深く潜るにつれて難易度が恐ろしく上がっていく悪魔の迷宮……その製作者は、なんと人間なのだ。

そして、その人間こそ『自称人間』の異名を持つ男。この、小鳥遊強斎である。

『コトリアソビ』の製作者である強斎が、なぜわざわざ探索をしているのか。それは、強斎が造った覚えのない罠や魔物が、いつの間にか増えていたからだ。

(俺がここを作った時、30階層から一気に80階層まで飛ばす鬼畜トラップなんて設置した覚えはないぞ……？　それに、監視のために使っていた精霊たちもいなくなっている)

強斎はゼロという精霊王を眷属にしているので、ある程度のレベルまでの精霊なら、無条件に使役できるのだ。

(それに、製作者である俺を攻撃してきた竜も気になる……ん？)

転移トラップに引っ掛かったライズ王国の勇者、蓬莱琴音（ほうらいことね）を発見した80階層から探索を始め、85階層の階段を降りようとした時、強斎はここには似つかわしくない物を見つけた。

「……羽？」

地面に純白の羽が落ちている。

あまりにもまばゆいために、それ自身が光を放っているのではないかと錯覚してしまうほどに真っ白な羽。

白い羽を持っている魔物は知っているが、『コトリアソビ』には生息していないはずだ。

それに、ここまで穢（けが）れのない白い羽は初めて見る。

その時、背後から声をかけられた。

「ようやく見つけたぞ……！」

強斎は声こそ上げなかったが、驚いていた。

背後から声をかけられるまで、声の主の存在に気が付かなかった。

この階層にいるということは、ただの人ではないということは明らかだ。だが、それを踏まえてでも、強斎の索敵に引っかからない相手というのは初めてのことだから。

強斎は動揺を悟（さと）られぬよう慌（あわ）てず、ゆっくりと振り向く。

そこに立っていたのは――――女天使だった。……………ボロボロの。

「キョウサイ・タカナシだな？」

天使はそ知らぬ顔をして強がっているのだろうが、全身傷だらけで、汗もビッショリとかいている。背中の純白の翼は、痛々しく傷ついている。これでは空は飛べないだろう。だらりと下げた左腕を右腕で守るように抱えていることから、怪我の影響で体の自由も既に奪われているのだろう。それでも、天使は敵意を全く隠さなかった。

「どうやら、手下の兎族や獣人はいないようだな……」

周囲の気配を探る天使に、強斎は涼しい顔で問いかける。

「だったらどうするつもりだ？」

「……」

強斎の問いかけに、天使は無言で右手を前にかざす。

すると、何もない空間から光り輝く剣が現れ、天使の右手に収まっていった。

その剣を右腕でしっかりと握った天使は、瞳に込める敵意を更に強くしながら強斎をしっかりと見据（みす）える。

「この世界から消えてもらう」

「そうか……」

強斎は天使の態度など意に介さないように、ゆっくりと天使に歩み寄る。

天使は警戒して半歩後ずさったが、迎撃したほうが得策だと思ったのだろう、剣をもう一度強く握った。

そして――――。


「残念だが、人違いだ」

「……は？」


力が入っている天使の肩に手を置いて、強斎はさらりと嘘を吐いた。

強斎の言葉に固まってしまった天使は、困惑したように二、三度瞬きをする。

そして、全身から力が抜けたように剣を落とし、地面に座り込んでしまった。

「そんな……人違いだったなんて……！」

「おう、残念だったな。とりあえずこんなところにいるのもアレだから、場所を変えようぜ？」

「アレ……とは？」

「こんなところで腰を据えて長い話はできないだろう？　魔物もいるわけだし」

「確かに一理あるな……ここの魔物は些か強い。今の私では、無傷で倒すのは少しばかり難しい」

「無傷って……既にボロボロじゃないか」

「……この傷の一部はここでつけられたが、ほとんどは違うな」

「理由がありそうだな……よし」

強斎は力強く頷くと、天使の前で屈んで――――。

「なっ、何をする!?」


「何をって……運ぼうとしているんだが？」


天使のひざの下に右手を差し入れ、左腕で背中を支える。

いわゆる、お姫様だっこだ。

天使は最初こそ恥ずかしそうに抵抗していたのだが、傷が痛むのか直ぐに抵抗をやめた。

そして、強斎の顔を不思議そうに見つめた。

「お前は何者だ？　満身創痍とはいえ、この私ですら足止めを食わされるほどのダンジョンだ。そんな中で、この深さまで無傷でたどり着けるとは……」

「随分と自分の実力に自信があるんだな」

「当たり前だ。弱いところを見せてしまっては部下になめられる。私は常に強者でいなくてはならない……まぁ、この姿で言われても何の説得力もないだろうがな」

天使は目を瞑り、全身の力を抜いて強斎に体重を預ける。

「お前がキョウサイ・タカナシでなくてよかったよ。こんな姿、敵に見られたら笑われてしまう」

「……」

どうやらこの天使、強斎の嘘を本当に信じてしまったようだ。

（疲労で判断力が低下しているのか、それとも人を疑うことを知らない純粋さか……どちらにしろ、悪いことをしてしまったな）


強斎の予想では、直ぐに嘘がバレて戦闘になるはずだった。とっさの嘘で戸惑ってでもくれたら、逃げる時間が稼げると思っただけで、本当に信じるとは思わなかった。

だが、実際にはこのように敵意をなくし、強斎の言葉を疑ってもいない。

そうこうしているうちに、目的の場所にたどり着いた。


「……ここは？」

「俺の住処へショートカットできる部屋だ」

「部屋……？　どこにそんなものが？」

そう、天使の言う通り、部屋などどこにもない。あるのは、ここまでの道のりで見てきたのと同じ壁だけだ。

「むぅ……まぁいい。ショートカットでも何でも早くしてくれ」

「何を言っている？　既に着いたぞ」

「は？」

強斎は天使を下ろして、後ろを見るように促す。

天使は疑問符を浮かべながら後ろを振り向いた。

「なっ」

「さて、先ずは治療から始めようか」

強斎はそう言ってベッドを指差す。

「何が……起こったんだ？」

天使のその言葉に強斎は笑みを浮かべる。

そう、天使の目の前に広がっていたのは、机、椅子、ベッドと、一通りの家具が揃った住み心地の良さそうな部屋だった。

「転移したんだよ。85階層からここ……俺の住処になっている100層にな」

「転移だと？　この私に認識されずにか？」

「ああ、その通りだ。お前は少し自分の力に溺れているようだからな。ちょっとした『力の差』というものを見せつけてやった」

強斎は少し強引に天使を引っ張り、ベッドに寝かせる。

「……何をするつもりだ？」

「言ったろ。治療だ。そんなにボロボロじゃ目のやり場にも困るし、見てて痛々しい」

「お前に私の傷を治せるとは到底思えんが……」

「治せるさ。その翼もな」

「…………わかった。託そうじゃないか」

天使に回復魔法をかけながら、強斎は困惑していた。

この天使の傷を癒やすこと自体は簡単だ。

たとえ途中で襲いかかってこようが、楽勝で対処できる自信だってある。

問題はそこではない。

この天使の傷の理由だ。

片翼は何かに燃やされたように黒く濁っていて、その濁りは魔力を帯びていた。

その魔力が、この天使の、自然回復をはじめとした数々の能力に制限をかけていたのだ。

そのせいで天使は体の自由を制限され、時間が経っても傷が回復しなかったらしい。

そして、その魔力の正体を強斎は知っている……いや、知ってしまった。

（ルナの……魔力……）

そう、この天使の能力を制限していたのは、ルナの魔力だったのだ。

強斎は天使のステータスをこっそり覗き、更に困惑する。

（名前はヴァルキリー……なるほど、戦乙女(いくさおとめ)か。いや、問題はそこじゃない。このヴァルキリー、ルナより圧倒的にステータスが高いはずだ。とてもルナが戦って勝てる相手だとは思えない）

だが、強斎には一つ心当たりがあった。

（……あの時。武器の遠隔操作の特訓をしていたルナに俺が魔力銃を渡した時、MP五万も使って撃ってたな……。あれが直撃したとしたら、この傷も納得がいく……。ルナのことを俺の手下だと言っていたし、眷属まで調査済みなら、自分を攻撃したルナの主人である俺まで敵視する理由にも合点(がてん)がいくしな）

申し訳ない気持ちでいっぱいだが、とりあえずヴァルキリーを完治させ、ボロボロの服も直しておく。

「……もう大丈夫だ」

「本当に治った……しかも、私の装備まで綺麗に……お前、本当に何者だ？」

「俺か？　俺は普通の人間だよ」

「お前が人間？　ははっ、冗談はよせ。そうだな……先ず私から名乗ろうか。私の名前はヴァルキリー。天使族の中でも戦闘力はかなり上のほうだと自負している」

「俺はさっきも言ったように本当に人間だ。名前は……ヴァルキリー。お前が決めてくれ」

「私が？　お前に名前はないのか？」

「暗黒騎士と名乗ってもいいのなら」

「私が決めよう……」

ヴァルキリーは顎に手を置いて、ボソッと呟いた。

「カラスティア」

「ん？」

「お前の名前だ。カラスティア、そう名付けよう。天使の私に付けてもらえるのだ、光栄に思えよ？」

ヴァルキリーは誇らしげに胸を張る。

強斎は苦笑いを決め、ヴァルキリーに質問をする。

「早速だがヴァルキリー、30階層に強制転移の罠を仕掛けたのはお前か？」

「罠……？　ああ、簡易転移装置か。そうだ、私がダンジョン内の移動を容易くするために造った。そういえばまだ回収していないな。まぁ、あそこに人はいなかったから問題ないだろう」

「……そうだな、結果的には問題にはならなかった」

強斎は大きなため息を吐くが、ヴァルキリーは何も思っていないようだ。

「私からも質問をいいか？　カラスティア。お前は本当に何者だ？　１００層に一瞬で転移してきたのもそうだが、なぜお前は魔物に襲われない？」

「……大体は予想できているんだろう？」

「……予想はできている」

「その予想とやらを聞かせてもらおうか」

ヴァルキリーは数秒目を瞑って、ゆっくりと口を開いた。

「カラスティア、お前がこのダンジョンの製作者ではないのか？」

74話 ヴァルキリーの疑惑っぽい

「俺が、このダンジョンの製作者……か」

「うむ……だが、私はこの可能性を極力否定したいと思っている」

「理由を聞かせてもらおうか」

ヴァルキリーは、また何もない空間から剣を取り出し……。

「そうだとすれば、お前を排除しなくてはならないからな……。私の主な仕事は世界のバランスの監視だが、この世界を大きく変えてしまうような個人の存在……イレギュラーを排除する役目も伴っている。お前がこのダンジョンを製作できるほどの力を持っているなら、世界のために殺さねばならん」

……剣の先を強斎に突きつけた。

「……そうか」

「答えてくれ。お前はこのダンジョンの製作者か？」

「その通りだ」

「……」

一瞬。ほんの一瞬だけヴァルキリーの表情は哀しみを訴えたが、直ぐにそれは敵視に変わる。

しかし……。

「本来ならば今ここで殺すべきなのだろうが……お前は私たち天使から目をつけられるほど、世界に干渉する行動はとっていない。それに、この区域は私の監視外だ……今回は見逃してやろう」

その敵対心ですら、数瞬で消え去った。代わりに、どこか頬を赤らめ、もじもじと目線を逸らしている。

「翼を治してくれた恩もあるし、私が名をつけた者を殺めたくないしな」

「あー……その、だな……」

「ん？　どうかしたか？」

強斎は悩む。

まさか通用すると思っていなかった嘘で、ここまで情けをかけてもらっている。

強斎としては、先程のやり取りで斬りかかってくれたほうが心が楽であった。

「ヴァルキリー。お前はその『キョウサイ』という奴の顔は知っているのか？」

「ああ、知っているぞ。お前に物凄く似ているな」

「疑っていないのか？」

「お前は違うのだろう？　なら疑っても意味がないだろう」

「そう……だな……」

ヴァルキリーは優しい笑みを浮かべて頷くと、おもむろに辺りを見渡した。

「ところでカラスティアよ。先程、『力の差』と言ったな？　もしや、お前は私のステータスを覗けるのではないのか？」

そう言われ、強斎は一瞬だけ鼓動を速める。

どう返答しようか迷っているうちに、ヴァルキリーが淡々と話し始めた。

「私は天使の中でも相当な高ステータスを保持している。そして、私のステータスの中にある『神々の加護』は、他者からの干渉や覗き見を妨害する。これにより、そこらの解析スキルでは覗けないはずだが……」

ヴァルキリーは強斎の顔を覗き込み――――。

「カラスティア。『超解析』と『超隠蔽』、お前はその両方を持っているな？　それだけではない、時空に関与できるスキル、もしくは属性も持っていると見た」

――――まっすぐな目で強斎を見据えた。

強斎も、目を逸らさずに問いかける。

「……その根拠は？」

「先ずはこのダンジョンだな。このダンジョンが発見されたのはごく最近だ。だが、見たところ製作者はお前だけで、おまえ自身も見た目や言動が相当若い。よって、このダンジョンは相当短い期間で作ったのだろう？　それも、ほとんどお前一人で。そんなことをするには、時空を操る系統の魔術を使うしかないからな。もう一つの『超解析』や『超隠蔽』だが……正直これは勘だ。私は解析等のスキルに頼らずともある程度相手の実力がわかるのだが……お前は全くわからん。この私がわからないということは、『超隠蔽』を持っている可能性が高いということだからな。『超解析』については先程も言ったように私の実力を知っている素振りをしていたから。とでも言っておこう」

強斎は感心していた。

所々間違っているところもあるが、ほぼヴァルキリーの推測の通りなのだから。

「カラスティア。お前は本当に何者だ？　私の推測が全て正しいとするならば、お前は人間という枠に収まっていい者ではない。私に認知されずに転移したことといい、お前の実力は底知れぬ……」

「天使様にそう言われるとは光栄だな。だが、俺は人間だよ……『あいつ』が人間であったならな」

「？」

強斎はヴァルキリーから目を逸らし、そのまま部屋の真ん中へ歩み始めた。

「お、おい！」

「今日はもう遅い。天使が睡眠を取るかどうかわからんが、怪我を治したばかりだ。数時間は横になっていろ」

強斎はそう言って、ヴァルキリーの前から一瞬で姿を消した。

「ふむ……確かに綺麗に治っている」
ヴァルキリーは強斎が去った後、言いつけを守ってベッドに横になっていた。
元々、傷を負った翼を治すために、人目につかず敵に見つかる恐れも低いこの迷宮に潜り込んだのだ。その目的を果たしてくれた恩人の言うことは、聞かなければならない。
「しかし、あの魔術は一体何だったのだ？　不意打ちとはいえ、私の翼に傷をつけた威力もそうだが、なぜ回復が阻害されてしまったのだ？」

そう、ヴァルキリーが傷を負った原因は、ルナの魔力銃の誤射にあったのだ。

その魔力弾のエネルギーは限界まで圧縮されていたので、命中した直後は、対象に濃度の高い魔力がまとわり付いてしまう。そのせいで、魔力が空気中に分散するには少しだけ時間がかかってしまう。

だが、本当に『少しだけ』なので、このように魔力の流れを阻害するほどの作用は存在しないにも等しいはずなのだ。

問題があったのはヴァルキリーのほうなのだ。

天使は、翼に膨大な魔力を蓄えている。

ヴァルキリー程の高位の天使になると、翼の魔力が強すぎるが故に、辺りの魔力を自動的に吸収してしまうのだ。

そこに圧縮された魔力の塊がぶつかればどうなるか？

ルナの魔力はヴァルキリーが吸収できる程の強さなので、翼は吸収を始めてしまう。だが、量が量なので、魔力を吸収するのに手一杯になり、他の機能が停止してしまうという結果になる。そのため、回復機能が阻害されてしまったのだ。


「まぁいい。どうせ『キョウサイ・タカナシ』のせいだろう。私の行動に勘付いて、先手を打ってきたのだな？　なら、しばらく身を隠して、こちらから不意を突くのが適切かもしれないな……」

いつもなら正面から正々堂々と叩きに行くのだが、自慢の翼に傷を負わせるほどの魔術を持っているとなると、どうしても慎重になってしまう。

「とりあえず今はカラスティアの言う通りに、数時間だけ休息を取らせてもらおう」

ヴァルキリーはゆっくりと瞼を閉じ、意識を手放した――――。

次に目覚めた時、ヴァルキリーは瞬時に状況を理解することができなかった。

「どこなんだ……ここは……」

部屋がまるっきり変わっていたからである。

75話 勇者たちの休暇っぽい

ドレッド王国の王城の一室。その窓のそばに立ち、鈴は物凄く険しい顔つきで街を見下ろしていた。

「どうしたの？」

鈴の契約精霊であるファイが、鈴の脳内に直接話しかける。

鈴はその声に応えるように、ボソッと――。

「今更だけど、この世界って娯楽がないような気がしてきた。空を飛ぶのも最初は楽しかったけど……なんか違うのよね」

「……だから一々『精霊化』までして空を飛んでいるのね……呆れた」

姿は見えずとも、ファイが肩を落とす仕草が容易に想像できた。

◆◆◆

「娯楽がないわ」

「いつもながら唐突ですね。リンさんは」

ヴェレスは苦笑いで応える。

今、ヴェレスたちは鈴の部屋に集まっている。

メンバーはこのふたりの他に、澪(みお)、緋凪(ひなぎ)、琴音(ことね)の女子メンバーだ。

『コトリアソビ』探索後、勇者たちは「お前たちの探すものは魔界にある」というルナの伝言により、魔王城を目指すことになった。しかし、その前に万全の体調にするためしばらく休暇を取ったほうがいいという勇志の意見により、勇者たちはこうして戦いとは一旦距離を置いていたのだ。

だが、鈴はこの休暇をどのように使ったらいいのかよくわかっておらず、娯楽を探すため、こうしていつもの面子(メンツ)を集めたのだ。


「私は街を散歩してるだけで楽しいけど……鈴は楽しくないの？」

「澪は考え方がおばさんになってない？」

「おば……!? じゃ、じゃあ鈴は何を求めてるって言うのよ」

鈴はニヤリと頬を吊り上げ。

「アイドルよ！」

『……』

「……？」


ヴェレス以外は呆れ半分、困惑半分といった顔をしていた。

ヴェレスは首を傾げて「あいどる？」と記憶を探っているようだが、その単語に聞き覚えはないらしい。

「あの、リンさん。その『あいどる』とは何でしょうか？」

記憶に該当しなかったので素直に聞くことにしたようだ。

「そうね……私が知っているのだと、学校が廃校の危機に瀕するんだけど、九人の女の子が立ち上がって――」

「そっち⁉　アイドルってそっちなの⁉」

「？　他に何か？」

澪の全力のツッコミに、何の悪気もなく疑問符を浮かべる鈴。

「それってアレだよね？　スクールアイドルのほうだよね⁉」

「流石澪ね！　そう、アイドルといえばラブライ――」

「ストップ！　ストーーップ‼　わからないから！　そのまま話を続けてもわからないから‼」

「え？　澪は知ってるでしょ？」

「私は知ってても緋凪と琴音がわからないでしょうが！　ヴェレスなんてさっきからずっとニコニコしてるよ？　あの顔、絶対何もわかってない顔だから！」

「そうなの？」

「ええ、まぁ」

ヴェレスに問いた後、緋凪と琴音の顔を見ると二人同時に頷いた。

「むぅ……。あの澪ですら知っているというのに……」

「いやー、私は強斎に教えられたようなものだから……」

「ソシャゲのほうもやってたよね？　あの最高レアが排出率1％の」

「うん……体感だと排出率1％以下だと思ったけど――」

澪はそこでハッと顔を上げる。

「今はそういう話をしてるんじゃなくて、ここでできる娯楽を探してるんでしょうが！」

ゆっくりと深呼吸をして、少しだけ頬を膨らませる。

「だいたい、『娯楽』じゃなくて『暇つぶし』でもいいんじゃないの？」

「ん？　別にそれでもいいけど……そのふたつにどう違いがあるの？」

澪はニッコリと笑みを浮かべ――。

「皆で勉強会をしましょうか」

ダッ――

鈴は、逃げた。

いや、逃げようとした。

だが、無理だった。

「ファイ！　鈴の動きを止めなさい！」

『らじゃー』

「裏切り者！　あなた、私の契約精霊でしょうが！」

鈴は澪の言葉にすばやく反応し、一瞬で鈴の動きを封じ込めた。

『いやー、私もリンたちが住んでた世界の勉強に興味あるし？』

「あの、私も混ぜてもらってよろしいでしょうか？　私も気になりますし」

ヴェレスは小さく手を挙げて、おしとやかを装って（よそお）いるが内心物凄く楽しみにしていた。

「いいよー。まぁ、私が教えられる範囲は高校二年生までだけどね？」

「私も勉強はあまり好きじゃないけど……まぁ、久しぶりにやるのも悪くないかもね」

「私は忘れっぽいから助かる……」

緋凪に続いて琴音も賛同した。

しかし……。


「嫌だぁぁぁぁ‼　勉強したくないよぉぉぉぉ‼」

鈴は逃げようとする体勢のまま固まっている。

どういう原理かわからないが、ファイに動きを止められているようだ。

「くっ、放しなさいよ！　『精霊化』使うわよ⁉」

「そこまでして勉強したくないのね……」

澪がため息を漏らしたその時――――。


鈴が『精霊化』した。


「ふははは！　冗談だと思った？　残念‼」

『ごめん！　ミオ、流石に『精霊化』されると拘束に時間かかる！』

『精霊化』は所謂同化だ。

自分自身を拘束するとなるとやはり時間がかかってしまう。

「絶対にやらないからね‼　異世界に来てまで勉強なんて！」

そう言い放って鈴は部屋を飛び出す――――。

が、直ぐに失速する羽目になった。

「ぐえっ」

扉を出たその瞬間、鈴は上から降ってきた何かに押しつぶされてしまった。


「リンさん⁉」

いち早く反応したのはヴェレスだった。

今のは魔術でも、鈴の演技でもない。

そして、自分たちが仕掛けたわけでもない。

となると、考えられるのは――――罠。

ドレット王国は人間界の中では、誰もが名前を知っているほどの大国だ。もちろん、国家の思惑(おもわく)が絡(から)む敵も多い。

勇者たちが召喚されたことで他国の注目が集まり警戒していたが、最近はその警戒心が薄れていた。

だが、ここにきてそれがアダとなったかもしれない。

顔を真っ青にしたヴェレスが、鈴に駆け寄る。

「うー……」

「大丈夫ですか⁉」

「え、ええ。『精霊化』もしてたし、ちょっとビックリしただけだから」

鈴は落ちてきた何かを押しのけて、服を払いながら立ち上がる。

鈴を押しつぶしていた白い物体は、ごろんと床に転がった。

その瞬間、場が凍りついたように静寂に包まれた。

なぜなら。


「女の……子……？」


そう、鈴を押しつぶしたのは女の子だったのだ。

しかも、

「この子、翼ついてない？」

鈴はその女の子の背中に、小さいが、翼があることを確認した。

恐る恐る『超解析』を使ってステータスを確認する。

ヴァルキリー

LV180000

HP 18745390/18745390
MP 10820160/10820160
STR 1120761
DEX 1016223
VIT 1086032
INT 1008892
AGI 1100161
MND 1034962
LUK 180

スキル

剣術 LV80
投擲 LV75
体術 LV80
盾 LV80
調教 LV90
状態異常耐性 LV75
空間把握 LV70
火属性 LV73
水属性 LV75
土属性 LV74
風属性 LV75
光属性 LV88
闇属性 LV65
HP 自動回復速度上昇 LV72
MP 自動回復速度上昇 LV67
限界突破
超越者
聖騎士
竜殺し
天使の威圧波動 LV60

属性

火・水・土・風・光・闇
神々の加護（ユニーク）
最強の天使（？？？）

「っ⁉」

鈴はステータスを見た瞬間、ヴァルキリーという女の子から一瞬で距離を取る。
怯(おび)えたような鈴の行動に一同疑問を覚える。

「どうしたの？」
「……澪、さっきまで『娯楽』探し、とかに付き合わせて悪かったわね」
「？」

「どうやら、私たちにそんな『暇つぶし』をさせてくれるほど、この世界はあまくないみたい」

76話 勇者とヴァルキリーっぽい

鈴たち女子メンバーはひとまずヴァルキリーを寝室に運び、勇志たちと合流した。

円形の食卓を囲み、全員が全員の顔を見られる、いつもの座り方だ。


「天使？」

鈴がさっき起こった出来事を話し、ヴァルキリーのステータスに書かれていた項目を告げると、勇志はそう言って首を傾げた。

「ええ、あの子は紛れもなく天使よ。翼もあったし、何よりステータスがおかしいわ……ＨＰＭＰが８桁で、ＬＵＫを除くそれ以外が７桁って……『精霊化』した私でも秒で殺されるレベルよ」

鈴は大きくため息を吐く。

「何というか、この世界って人間に厳しいよね……。初めの頃は一般人と比較して、私たちのステータスの高さに喜んでいた。私たちよりステータスの高い魔物も、しばらくすればレベルも上がって追い抜くことができた。『精霊化』して大きな力も得た。努力すれば、強くなれる、大切な人を守れるぐらいに、強くなれる……だけど、無理だよ。流石にあのステータスは尋常じゃない。ねぇ、ヴェレス、ひとつ質問してもいいかな？」

「え？　は、はい」

「私たちがここに来る前……勇者っていう存在は他にもいたんだよね？」

「ええ、数百年前に一度、勇者と名乗る者が現れたらしいのですが……」

「でも、今になっても魔王は存在しているし、魔神もいる。つまりその勇者は、魔王すら倒せなかったってことだよね？」

ヴェレスは静かに頷く。

「普通、ここまで実力差があるなら、そして魔王に人間界を侵略するつもりがあるなら、人間はとうの昔に滅んでいてもおかしくないと思うのよ……。でも、なぜ今の今まで人間界が滅ばなかったのか？　もし、人間界を一瞬で滅ぼすほどの魔王が誕生し、そいつらが動こうとしたら――」

「私たちがそいつらを処刑する。そこの人間、中々鋭いな」

『っ⁉』

誰も、気が付かなかった。

いつも通り食卓を囲んで座っていたはずだ。

だが、声の主は元からそこにいたかのように、平然と空いていた席に座っているではないか。

「カラスティアといい、最近の人間は侮れないな……。ああ、すまない、自己紹介が遅れたな」

席を立った。と、勇者が認識した瞬間には窓際に移動していた。

涼しい顔をして窓辺に立つその天使は、間違いなく、先ほど鈴を押しつぶした少女、ヴァルキリーだった。

「私の名はヴァルキリー。天使族だが、少しヘマをしてしまってな。任務を遂行するまでこの人間界に居座るつもりだ」

「戦乙女……」

「ほう、私の二つ名を知っているとは――――ん？」

澪がポツリと呟くと、ヴァルキリーは少しだけ驚いていたが、直ぐに何かを考え込んでしまう。

そして――――。

「なるほど、これは……ふふっ、カラスティアめ。中々面白いところに飛ばしてくれたな！」

「え？　あの……」

「そこの女、お前の名はなんというのだ？」

「洞爺澪……『ミオ・トウヤ』よ」

「ミオ……ミオか。ミオ、今から私のする質問に正直に答えろ。絶対にだ」

一方的に話し出すヴァルキリーに鈴が横槍を入れようとするが……。

「⁉」

「お前は後でいくらでも相手してやる、今は大人しくしていろ」

鈴はこの感覚を知っている。


『威圧』だ。


しかも、ただの威圧ではない。

恐怖こそ感じないが、絶対に逆らえないし動くことすらできない。

そう意識が脳に呼びかけているのだ。

(どうやら、私だけにかけたようじゃなさそうね……)

澪以外の全員が、まるで石のように固まってしまったのだ。もちろん、精霊であるファイも例外ではない。

「さて、ミオよ。お前は『神化契約』の存在を知っているな?」

澪はゆっくりと頷く。

「そうだろう、あそこの考え方が鋭い人間も『神化契約』の一種……『精霊契約』をしているようだしな」

(ははっ、何でもお見通しってわけね)

つくづく、種族差というものは残酷だと噛み締める鈴だった。

「そして、ミオ。お前は『神化契約』と並ぶ契約を交わせる程の素質を持っている。その正体は何かわかるか？」

首を左右に振る。

「お前の素質……その正体は『天使化』だ。それも、ただの『天使化』ではない。同格化。他天使と合体して、お互いが別々で戦うより何倍も強い存在と成る能力も秘めている」

ヴァルキリーは小さく鼻を鳴らすと、鈴たちにかけていた『威圧』を解除する。

「ミオ、私と契約を結ばないか？　私ならミオの『天使化』を開花させることも可能だし、ミオが望めば私自身と合体することもできる。加えて、ミオをはじめとする周りの安全は保障しよう。どうだ？」

「……ヴァルキリーさん」

「ヴァルキリーでいい」

「では、ヴァルキリー。あなたはなぜ私にそこまでのことをするの？　聞いている感じだと利益が私にしかなさそうだけど……」

ヴァルキリーは肩をすくめる。

「そうだな、私はこの世界に拘束されるし、任務も遂行しにくくなるだろう……だが、決して私に不利益というわけではない。ミオ、お前が死んだらその能力を頂く。人間の身でありながら『天使化』できるほどの力を持っているならば、その力を私が得ることで、私は更に上位の存在になることができる。それまで私が全力でお前を守ろう。寿命以外では絶対に死なせないことを約束する」

「……考えさせて」

「じっくりと考えるがいい」

ヴァルキリーはそう言うと、踵を返し――一瞬で姿を消した。

「ふぇぇぇぇぇぇん！」

「うお!?　急にどうしたの!?」

ヴァルキリーが去った直後、澪は泣きながら鈴に抱きついた。

「めっちゃくちゃ緊張したよ～～死ぬかと思ったよ～～」

「あー……うん、澪もあの天使のステータス見たもんね……というか、ステータス見なくても十分に強いって思い知らされたわ……」

先程鈴たちが受けた『威圧』。ヴァルキリーにとってあの程度の威圧は息をするように容易いと思われるが……。

「あの『威圧』は危険ね。強すぎて、『恐怖』という感情が麻痺してしまってるわ……ファイ、あなたはどう感じた？」

鈴は自分の中にいるであろうファイに呼びかける。

『え、あんな化物相手にしようと思ってるの？　馬鹿なの？　死ぬの？』

「流石にそこまで思ってないわよ。ただ、私と比較するならどれぐらいの強さかな？　と思って」

『そうね……鈴が『精霊化』を完璧にこなせるようになって、かつ精霊王様と契約できるのならいけるんじゃないかしら？』

「つまり無理ってことね？」

『そゆこと』

鈴は自分の胸の中に顔を埋めている澪の頭をポンポンと叩いてから、問う。

「澪は……どうするの？　あの天使の提案」

「……鈴、あなた、また胸大きくなった？」

「今は関係ないでしょうが⁉」

澪は鈴の胸から離れ、シレっと、

「うん、受け入れるつもりだよ。今はただでさえ戦力が欲しいからね」

「……そっか」

さり気なく胸を揉んでくる澪に蹴りを入れる鈴であった。

77話 澪が契約するっぽい

「ヴァルキリー。居る？」

草木も眠る丑三つ時。とはまさに今のことを指すのだろう。

いつもは多少なりとも、静かな中に虫の羽音や草木の擦れる音が聞こえるのだが、今宵はほぼ無音だ。

そんな中で声を上げる澪は、ほんの少しだけ震えていた。

「決めたのか？」

背後に立つヴァルキリーが、落ち着いた声でそう囁く。

こんなにも静かな夜なのに、近づかれた音や気配すら感じないとは。

それだけで実力の差をはっきりと感じてしまう。

「ええ、私はあなたと契約を結ぶわ。だから……私を強くしてちょうだい！」

澪は振り向き、ヴァルキリーと対峙する。

そして、強く、力いっぱいそう叫んだ。

そんな澪を見て、ヴァルキリーは、

「いいだろう、お前を立派な天使に育て上げてやろう」

手を差し伸べたのであった。

「あ、私別に天使になりたいわけじゃないんだけど……ならなくちゃダメ？」

「……天使になりたくないのか？」

「うん……まぁ、色々と面倒っぽいし」

「…………わかった。ならば、ミオを半天使（ハーフエンジェル）として迎え入れようじゃないか」

◆◆◆

「で、澪はヴァルキリーさんと、どこかに消えたと」

「まぁ、そうなるわよね」

勇志、大地（だいち）、鈴、ヴェレスは王城の庭でお茶を楽しんでいた。

ライズ王国の勇者たちには、一度自国に戻ってもらっている。

「しかし、『天使化』ねぇ……澪の本気があの天使を上回るとなると……下手したらこの世界の生態系を破壊しかねないわよね」

「ミオさんはそんなことするような人ではないと思いますが……」

鈴の呟きにヴェレスが反応する。

「いやいや、あの子、強斎のこととなったらマジでやるから……。国の一つや二つ、躊躇いなく破壊するから」

「……ミオさんにとって、キョウサイさんとはどのような存在なのでしょうか？」

「うーん……澪にとって……かぁ。人生の全てって言っても過言じゃないような気がするけど……そもそも、私が澪と知り合ったのってつい二、三年前なんだよね。勇志ならもっと詳しいんじゃない？」

「俺も気になるな。強斎もそうだったが、澪やお前からも過去の話は聞いたことがない」

鈴に賛同するように大地も口を開いた。

勇志は頬を小さくかいて、苦笑いを浮かべながら話す。

「あまり面白い話じゃないけど……それでもいいかい？」

三人は同時に頷いた。

勇志は一度大きく呼吸をし、静かに語り始める。

「そうだね、とりあえず僕の姉さん……『鈴木優華』の説明から入ろうか」

「勇志の……姉だと？」

その大地の反応に、鈴が驚愕する。

「えっ、大地ですら知らなかったの？」

「そりゃ、言ってなかったからね。そう、僕には姉がいたんだ。強くて何でもできる、僕と……強斎の憧れの人だった」

「だった？」

鈴の復唱に勇志は頷く。

「僕たちが九歳の頃……姉さんは死んでしまった。僕を庇ってね」

「ユウシさん……」

「そして、姉さんが死ぬその瞬間を見たのは……僕と強斎。そして、澪なんだ。当時澪の名前すら知らなかった時なんだけど、その時の澪は親やその周りから暴行を受けていたらしく、強斎に助けてもらった直後だったんだ。ただでさえ頼る人が強斎しかいなかった澪は、その時のショックで更に強斎に依存してしまった……これが僕に説明できる澪と強斎の関係かな」

勇志が簡潔に話をまとめたが、その話の中にはやはりいくつかの疑問点があった。

「勇志、一つ質問いいか？」

「ん？」

大地が睨みつけるように勇志を据える。

「もしかして……お前の姉もお前たちみたいな身体能力をしていたんじゃないだろうな？」

「……どういうこと？」

鈴の問いかけに勇志は呆れ顔を見せる。

「大地、鈴は何も知らないんだ。あまり言いふらさないでくれるかい？」

「ここは地球ではない。それに、鈴だけ教えないってのも辛いだろう」

「……そうだね。ごめん、鈴」

「え、いや、別にいいんだけど……私が知らない勇志の秘密なんていっぱいあるだろうし……」

「ふふっ、ありがとう。でも、ちゃんと話すよ……。僕と強斎は……地球では、昔こう呼ばれていたんだ。『人間兵器』ってね」

鈴は首を傾げる。

ヴェレスは地球の話などさっぱりなので聞きに徹していた。

「小学生だった頃の、こいつらのやることはめちゃくちゃだった。人間離れしている、まるで異世界人みたいだと言われていたよ。いや、勇志はまだいいだろう。問題は強斎だ。何もない所を殴って衝撃波で人間を吹っ飛ばすわ、手刀で鉄も切るわで……よく表沙汰にならないなと、その度に思っていたよ」

大地の証言を聞いた鈴は、口をみっともなく開けていた。

今の鈴なら、それぐらいは『精霊化』しなくとも簡単にできてしまう。だが、舞台が違う。地球でそんなことができるとなると話が変わってくる。

「それで……勇志、さっきの質問だが」

「うん、姉さんが僕たちと同じような身体能力を持っていたかってことだよね？」

大地は頷く。

「その答えはノーだよ。だって、姉さんは――――」

勇志はニッコリと笑って。

「僕や強斎と比較にならないほど強かったから」

「「……は？」」

「姉さんはあまりにも強すぎた。死んじゃったのは十二歳の時だけど、同じ十二歳になっても全く届く気がしなかったよ。まぁ、流石に今の僕よりは……多分弱いだろうし」

勇志は少し自信なさげに言葉を繋げる。

「そういえば、さっき大地が言ったよね？　表沙汰にならないのか？　って。普通はなるよね、子どもが鉄骨で作られた橋を壊したり、銀行強盗を一人で殲滅したりしたら……。でも、それらは一切社会に報じられることはかった。情報規制されていたからね。それに、成長するにつれて力の抑えかたも学んで、目立つようなことはしなくなった」

「……なるほど、だから強斎は度々病院に通っていたんだな？」

「え？」

大地の発言に鈴が驚き、勇志が頷く。

「鈴も知っているんじゃない？　例えば『手術をするという名目で別の病院に移る』とかね」

「っ⁉」

知っていないわけがない。

強斎と知り合って間もない日、強斎は自分のせいで怪我をした。

あれだけ泣いたのだ。忘れるわけがない。

「強斎と僕は社会から孤立しないように、政府機関の監視と保護を受けていたんだ。その代償として……僕たちの脳波と、身体組成の調査を専門の医療機関兼研究施設に提供していた。本当は姉さんが受けていたんだけど、死んじゃったから、代わりとして強斎が名乗りを上げたんだ。強斎は姉さんに追いつきたいっていつも言ってたからね。もしかしたら姉さんに恋でもしてたんじゃないかな？」

「はぁぁぁぁぁぁぁ⁉　あの強斎が⁉」

鈴は身を乗り上げて勇志に近づく。

「リンさん、近いです」

「あ、はい。すみません」

　ビシッとヴェレスに叱られ、身を引く鈴。

「姉さんがいた頃の強斎は必死だったからね。それに、強斎が女性に対して無頓着(むとんちゃく)ってのも頷ける」

「いや、強斎は割と女好きだぞ？　その上で鈍感(どんかん)なだけだ」

「あ、そうなの？　モテたのに勿体(もったい)ないねー」

「おまいう」

「？」

　大地のツッコミに首をかしげる勇志を見て、鈴がため息を吐く。

「はぁ……まぁ、強斎がモテモテかどうかは置いておいて……まさか、二人にそんな秘密があったとはね」

「あまり驚かないんだね」

「強斎に好きな人がいた疑惑のほうが驚きよ。というか、私たちだって異世界に来ちゃってるじゃない。今更地球の頃に何かあったとか言われても、大抵のことじゃ驚かないわ」

「それもそうだね」

　こうして話が一区切りついた。

　その瞬間、ヴェレスがとんでもないことを口走る。

「ユウシさん。私とデートしましょう」

「ブフォッ！」

「勇志が吹いた⁉」

叫ぶ鈴。

鈴にとって、勇志が吹くことはよっぽどのことらしい。

「ヴェ、ヴェレス？　どうしたんだい？」

「いえ、先ほどの話を聞いて、デートしたいなーと」

「どこにそんな要素があったの⁉」

「……ユウシさんは嫌なんですか？」

「うっ」

ヴェレスの上目遣い（うわめづかい）に勇志の良心が痛む。

「べ、別に僕は構わないよ……ただ、いつもはそんなこと言わないから驚いた」

「私だって、たまには好きな人とお出かけしたいです」

「……ヴェレス？　いったいどうし――」

「別に。皆さん仲がいいことは知ってますし？　私の知らない話で盛り上がるのもわかりますけどね？　私は特に何とも思ってませんからね」

「……行こうか」

「はい」

そんな二人の会話を聞いていた鈴は……。

「大地、私たちもデートしましょう」

「ん？　別に構わないが――ん!?」

大地が一瞬固まるが、お構いなしに話を続ける。

「よし、ヴェレス、勇志。私たちもデートすることになったから、二人っきりで楽しんできなさい！」

「どうせなら一緒にしましょう？　私たちは初めてのデートですから、色々と不安なのです」

「あはは、私たちだって初めてだよー」

そのまま二人はデートのプランを立てていく。

蚊帳の外となった男二人はというと――。


「どうしてこうなった？」

「……さぁ？」


未だに理解しきっていなかった。

78話 ダブルデートっぽい

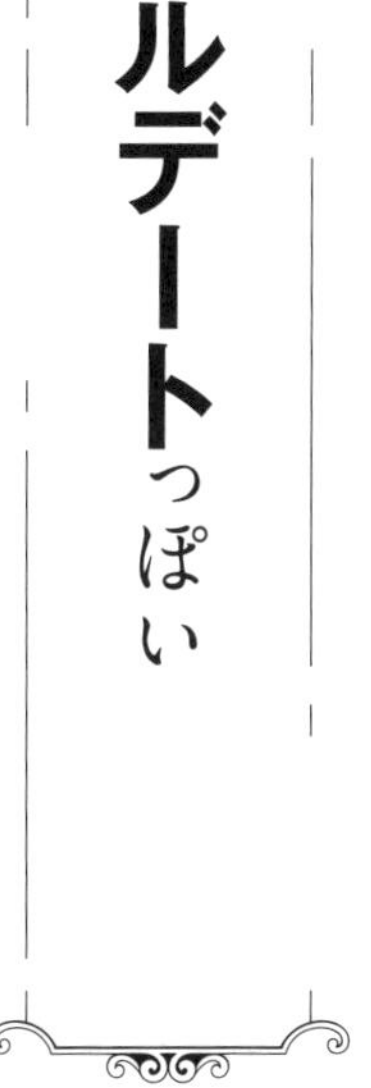

日を改めて、ドレット王国城下町にて。

「そういえば、ヴェレスと街を回ったことなかったね」

「はい、ですから、私が皆さんを案内してさしあげます！」

「それってデートって言わな――」

「案内させて頂きますね！」

「……最近ヴェレスが押しに来ている」

勇志の呟きは誰にも届くことはなかった。

◆◆◆

「まぁ、流石に被(かぶ)り物ぐらいはするよねー」

鈴は足先まですっぽりと隠れるようなフードを被り、そんなことを言う。

「退位したとはいえ、王女である私がふらっと街にいては騒ぎになってしまいますからね。それにユウシさんたちの存在をできるだけ公にしていないとはいえ、知っている人は知っているので、そちらでも騒ぎになりかねません」

フードで目元を更に隠しながら、ヴェレスは勇志の手を引っ張る。

「まぁ、このフードには認識阻害の魔術を付与してありますし、耐久性も高いですからよっぽどのことをしない限り、問題はありません」

「それってフラグなんじゃ……」

鈴は鈴で大地の手を引っ張っている。

「とにかく行きますよ！　その『ふらぐ』とやらは後で回収しましょう！」

「回収したらダメだからね⁉」

若干浮ついてはいるが、ツッコミは問題なさそうだ。

◆◆◆

「こうやって改めて街に出てみると……多いわね、人」

「そりゃ、五大王国ですからね。その中でも土地と民の質はトップなんですよ？」

鈴の呟きに誇らしげに答えるヴェレス。

「ここまで人が多いと、犯罪とか多いんじゃない？」

「……そこを突かれると痛いですね。できる限りの犯罪行為には対処しているつもりなんですが、どうしても出入りする人が多い分、捌きれないのです」

「まぁ、その辺はしょうがないでしょ。地球でも同じことが起きているわけだし……ヴェレスが気に病む必要はないよ、うん」

「ありがとうございます。リンさん」

と、そんな会話をしているうちに、四人は街の中央区までやってきた。

「皆さん、どこに行きたいですか？　ここは王都です。何でもありますよ！」

「ゲーセン」

「ゲーセン」

「ゲーセン」

「げ、げーせん？　何ですかそれは？」

ヴェレスの慌てっぷりに勇志が微笑む。

「僕たちの住んでいた世界の娯楽施設の一つだよ。ちょっと意地悪しちゃったね。ごめんごめん」

「む、むー……。私は割と根に持つタイプですよ？」

勇志はヴェレスの頭を軽く撫で、辺りを見渡す。

「そうだね……アクセサリーがちょっと見たいかな――――ん？　あれは……」

勇志が遠くをじっと見つめていると思ったら、唐突に目つきを変えて、戦闘中のような張り詰めた雰囲気になる。

他の三人も、勇志のその変化にすぐに気が付いた。

「どうした」

「女の人が十人近い男に囲まれている。言い争っている様子から知り合いではなさそうだし……そもそも、男側が女の人の話を全く聞いていないね」

勇志には、もしかしたら話の内容が聞こえているのかもしれない。

その現場自体は大地でも見ることができるが、軽く見積もってここから二百メートルは離れている。この人ごみの騒がしさで、とても声が聞こえるような距離ではない。

勇志のチート性能に舌を巻きながら、大地はしっかりと頷いた。

「向かうか？」

「当たり前です」

勇志に問うたはずだが、いち早く返ってきたのはヴェレスの答えだった。

「まだ犯罪とまでは発展していなさそうだが……大丈夫なのか？」

「その時はその時です。とりあえず向かいましょう！」

「ふむ、少し面倒になったな……」

「はぁ、レイアが寄り道するからこうなったんですよ？」

「む？　私のせいにするつもりか？　ミーシャだって『別にいいのでは？』と賛同してたではないか！」

「おい、お前ら！　今の状況わかってんのか？」

「はぁ……まぁ、わかっていますよ？　か弱い私たちをゲス共が囲んでますね」

ミーシャの言葉に男たちが凍りつく。

「げっ……！　減らず口を叩くじゃねぇか……。言葉には注意したほうがいいぜ？　お前らを味わう時に間違って痛めつけちゃうかもしれねぇからな！」

ゲラゲラと笑う男たちを見て、ミーシャとレイアは同時にため息を吐き、肩を落とす。

通りすがる人々は見て見ぬ振りをしている。冒険者のような格好をしている者も、関わりたくないとばかりに足早に通りすぎることから、レイアとミーシャを囲む男たちは腕が立つのだとわかる。

「痛めつける？　私たちを？」

「ああ、そうさ……こんな風に、なっ！」

突然男がミーシャに向かって拳を振り下げる。

ミーシャは動かない。

男は怯えて動けないか、反応しきれて動けないのだろうと確信し、頬を気持ち悪いほど吊り上げる。

そして、拳がミーシャに当たるその瞬間――――。

「それ以上はいけないよ。ゲス共さん」

勇志に拳を掴まれ、ミーシャには当たらなかった。

◆◆◆

「それ以上はいけないよ。ゲス共さん」

勇志は女の子が殴られる寸前で割って入り、男たちに言っていた名称を復唱する。

「なっ、何者だ⁉　俺を誰だと思って――――」

「そこの人、大丈夫だったかい？　怪我とか、変なこととかされてない？」

「え、ええ。ありがとうございます」

「それは良かった」

勇志は銀髪の女の子にそう微笑むと、金髪の女の子のほうにも視線を向ける。

「私も大丈夫だ」

勇志はしっかりと頷いてから、先ほどとは真逆のような冷たい目を男たちに向ける。

「さて、君たちが何者かって問題だったかな？　残念だけど僕はその答えがわからないな。でも、君たちが何者だろうと、無防備の女の子に手を挙げるような奴は許さない」

「っ⁉」

「……ふーん。痛みで声を上げるようなみっともないことはしないんだね……ちょっと感心したよ」

よく見ると、勇志が握っている拳が少し青くなってきている。

魔術でも何でもなく、ただ勇志が強く握ったせいで内出血を起こしているのだ。

「……放せよ」

「今後一切悪いことをしないって約束するなら、放してあげるよ」

男は何も言わない。

代わりに、掴まれていない反対の手を勇志の腕に近づける。

男の手には短刀が握られており、刃こぼれ一つしていない。

「もう一度言うぞ。放せ」

「それが君の答えなんだね？」

「そうだな……俺の答えでもあり、お前の運命でもある」

「なら、しょうがない……少し手荒だけど――――」

「ユウシさん」

勇志が行動を起こす直前。ヴェレスから呼び止めの声がかかった。

「ここからは、私が対処します」

勇志は頷き、握っていた拳を放す。

「……あなたはこの私の目の前で何をしようとしたのですか？」

「お前さんが誰なのかわからんが、答える義理はねぇな」

「そうですか……では、私の独断と偏見で…………監視が居る独房へ行って頂きます」

「は？　何を言って――――」

ヴェレスは指を鳴らす。

次の瞬間、男と、その仲間だろうと思われる人間は消えていた。

辺りが唖然としている中、ヴェレスは銀髪の少女の近くに歩み寄る。

「お怪我はありませんでしたか？」

銀髪の少女が目を少しだけ細める。

「あなたは時空魔術を使えるのですね」

「……その名前をご存知なんですね」

「魔術の展開速度、効力。二つとも見事なものでした。私たちでなければわからなかったでしょうね」

「あなたは一体……？」

ヴェレスの質問に対して、銀髪の少女は微笑んだ。

「ここは少し目立ってしまいます。場所を変えませんか？」

「そうですね、わかりま――」

ヴェレスは了承しようとしたが、もうひとりの金髪の少女を見るやいなや、言葉が止まってしまった。

「ん？　どうした？」

金髪の少女は自分に向けられている視線に気が付き、首を傾げる。

「い、いえ……あなたをどこかで見た気がしたので……」

「ふむ、きっと人違いだろう」

そう言って金髪の少女は銀髪の少女の元に駆け寄った。

「早速フラグ回収したねー。流石勇志」

「あ、僕のせいなんだ」

鈴と大地も合流し、人気（ひとけ）のない通りに向かう六人。

そんな中、ヴェレスは勇志にだけ聞こえる声で囁く。

（ユウシさん、あの二人のステータスを覗いて頂けますか？）

（え？　別にいいけど……）

ユウシは疑問に思いながらも二人のステータスを覗く。

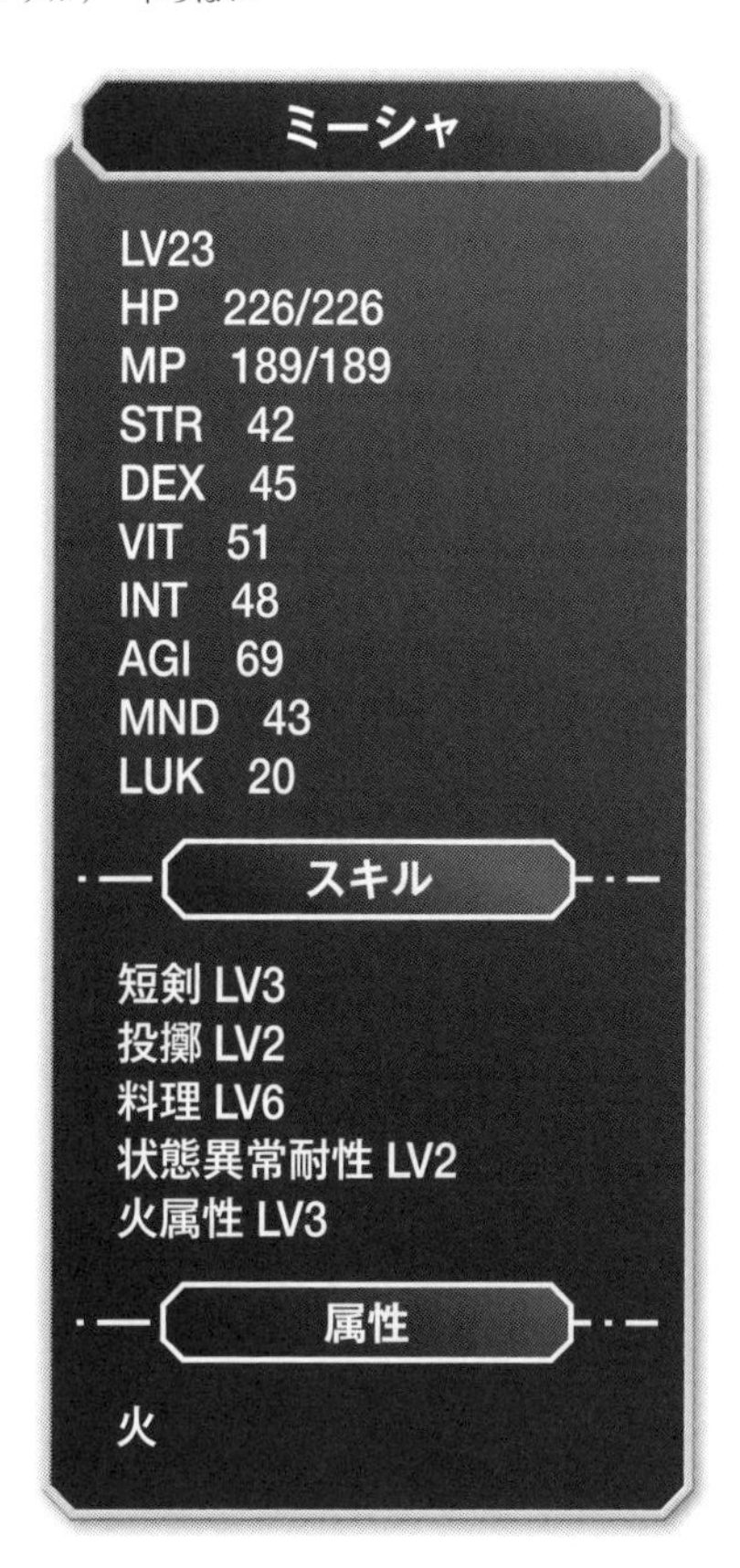

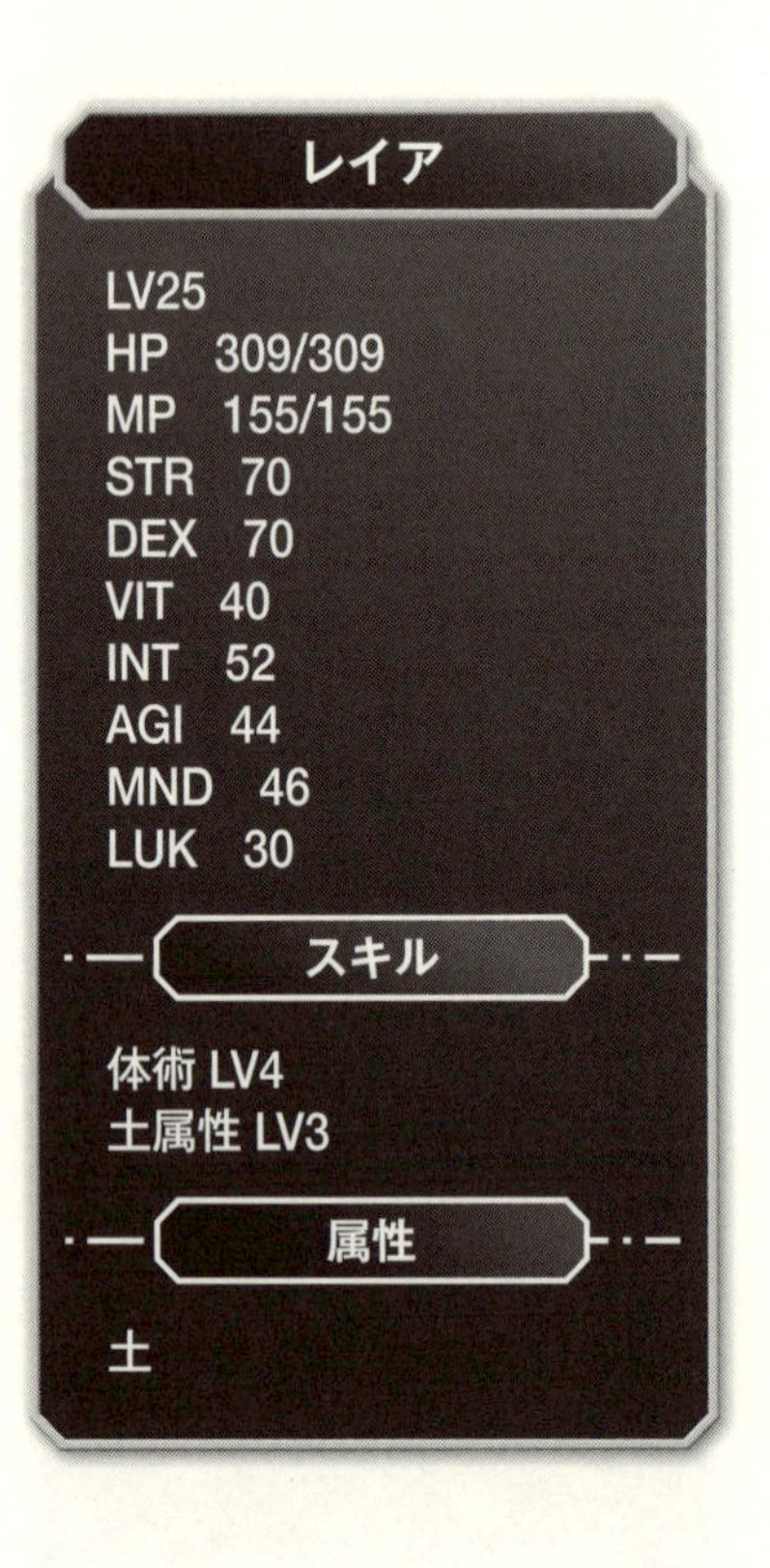

「へぇ、女の子にしては高いステータスを持っているね。全然そんな風には見えないけど、冒険者とかやってたのかな？」

一般的なステータスに比べ、比較的高い二人に感心する勇志。

「あの、ユウシさん。金髪のほうですが……名前に『アンジェリーク』と入っていませんでしたか？」

「アンジェリーク？　いや、そんなものはどこにもないけど……？」

ヴェレスは少しだけ唸ってから、強く頷いた。

「そうですね、ならば私の勘違いだったのでしょう。お騒がせしました」

「？　別にかまわないけど……」

今日のヴェレスは少し変だな。と思う勇志であった。

79話 勇志の謎っぽい

銀髪の少女は『ミーシャ』、金髪の少女は『レイア』と名乗った。

「それで、ミーシャさん」

「はい、どうしました？　ドレット王国のお姫様」

「!?」

ヴェレスはミーシャから半歩距離を取る。

認識阻害のフードは被ったままだ。目立った行動さえしなければバレないはずだったのだが……。

「それ、認識阻害のフードの効果が付与してありますよね？　ですが、集団の中では効果的でも、こうして一対一で対峙すると、集中により効果は激減するのですよ。知ってしまいました？」

ヴェレスはゆっくりとフードを取る。

「私はあまり外出をしないもので……知りませんでした」

「ふふっ、冗談ですよ。そのコートに付与してある隠蔽効果は、対峙した程度で破れるわけではありません」

「なっ、騙したんですか⁉」

「あなたが勝手にフードを取っただけです」

ミーシャは微笑むと、勇志、大地、鈴にも視線を向ける。

「そんなに身構えなくてもいいですよ。助けて頂いたのですから、あなたたちの正体を言うつもりなどありません」

「僕たちの正体も知っているのか？」

勇志の言葉に、ミーシャは静かに首を振る。

「いえ、知りませんよ。ですが、ある程度予測は可能です」

「その予想。教えてもらえるかしら？」

鈴はフードを取り、ミーシャを見据える。

だが、一瞬で鈴は距離を取った。

「あんた、何者なのよ……」

「不意に威圧をぶつけてくる人に答えたくはありませんが……ミーシャです」

「それはもう知ってるわよ……なぜ私の威圧を『反射』できたのか。それが知りたいわ」

「予想の答えを知りたいのか、この服の効果を知りたいのか、はっきりしてくださいよ。勇者様？」

「どっちも答えてるじゃない……」

ニコニコしているミーシャを見て、自分たちは遊ばれていたのだと思い知らされた。

「護衛にしては若いですし、勇者様が結構前にドレット王国に召喚されたと知っていたので。割と簡単でしたよ」

どうやらもう隠し事は通用しないようだと観念した勇志と大地も、フードを取る。

「ミーシャさんの言う通り、僕たちは世間一般で勇者と呼ばれている。だからといって、距離を置かないで欲しい……正直に言ってしまうと、君たちとは友好な関係を築いておきたいんだ」

「召喚……ということは別世界から来たってことですよね？　でも、そういう人も珍しくないのでは？」

「「「えっ」」」

レイア以外の四人が声を合わせた。

「実は、私のご主人様もこの世界の人ではないのです」

「「「はぁぁぁ!!?」」」

「そして、私、まぁ、そこのレイアもですが……奴隷なんですよ」

「「「ええっ!?」」」

勇者一同は、ミーシャとレイアの身なりを確認する。

至って普通の格好……というか、むしろお金が掛かっていそうな綺麗な格好で、とても奴隷には見えない。

「おい、ミーシャ」

「大丈夫です。レイアは心配しなくてもいいですよ」

四人が驚いているうちに、そんな短い会話を終えたミーシャは言葉を紡ぐ。

「こんな私たちの身近にも異世界人がいるんですから、友だちなんて簡単に見つかると思いますよ。勿論、私たちもお友達になりましょう」

そう言って、ミーシャは勇志に手を差し伸べる。

勇志は少しだけ躊躇った。

「……一つ、いいかい？」

「はい。私のご主人様のこと以外でしたら、ある程度教えられますよ」

「僕らの考えはお見通しってわけか。不思議な人だね、ミーシャさんは」

勇志は苦笑しながらもミーシャの手をしっかりと握る。

「私たちは直ぐにこの街を去りますが、いつかまた会える日が来るでしょう。その時は食事の一つでも奢ってくださいね」

「君たちのご主人様も一緒なら、喜んで奢ろうじゃないか」

そして、ゆっくりと手を放す。

ミーシャは半歩下がってヴェレスの顔をジッと見つめる。

「え、あの……どうかしましたか？」

「一つ、お願いがあるのですが」

雰囲気からただごとではないことを察した四人は、しっかりと耳を傾ける。

「はい、何でしょう？」

ミーシャはレイアを一瞥し、ひと呼吸置いてから――。

「道に迷ったので案内してもらえないでしょうか？」

この発言により、勇志たちとミーシャたちの距離は深まった気がした。

◆◆◆

「レイアさん、髪綺麗よね……更に身長も高くてスタイルも良くて顔もイイとか……何か貴族みたい」

「そう言ってもらえると嬉しいな。だが、私に貴族なんて似合わないぞ？　口調もこんなんだし、気性が荒いからな、私は」

鈴の質問に滑らかに答えるレイア。

レイアは鈴と話しながらも、その意識はヴェレスのほうに向けていた。

（あのヴェレスとかいう女……さっきから私の言動一つ一つを細かく見てきやがる。それに、『アンジェリーク』家のことも知っているようだったな）

レイアはそう勘付き始めた時には、既に自分のステータス欄から『アンジェリーク』の名を消していた。

（今の私に『アンジェリーク』家は関係ないが……。変に勘繰られてあの家にまた関わるのも面倒だし、これで良かったのだろうな）

ヴェレスに意識を集中させながらも、鈴への観察を怠らない。

（この娘、これだけはしゃいで見た目も行動も子供っぽいが……勇者と名乗るだけの実力はあるだろうな。人間では間違いなく最強クラスの戦闘力を持っている）

人間と言えば、というところでレイアはとある人物を思い浮かべるが直ぐに考え直す。

（あのお方は人間と自分で言っているが、そろそろ人間ではないということを自覚したほうがいいと思う……そこ以外は完璧なのだがな……困ったものだ）

そんなことを思いながら、レイアは鈴と会話を弾ませるのであった。

◆◆◆

「案内ありがとうございました」

勇者たちに街の門まで送ってもらい、ミーシャとレイアは深々とお辞儀をする。

が、直ぐに頭を上げた。人通りが多いため、人目を引くのはよろしくない。

「ミーシャさん、レイアさん。またここに来るようでしたら王城に来てください。歓迎しますよ」

「ふふっ、ありがとうございます。っと、どうやら迎えが来たようなのでこの辺で」

ミーシャとレイアはもう一度小さくお辞儀をしてから踵を返す。

勇志たち四人も踵を返し、王城に戻ろうとするが、勇志が二人に何かを言い忘れたようで、もう一度振り向いた。

「そういえば、ミーシャさん、レイアさん――――」

と、そこまで言って勇志は固まる。

二人を探しているようでもないし、第一、二人は紫がかった髪の長い女性と話しており、視界から消えたわけでもない。

だが、勇志はミーシャとレイアを見つめたまま、完全に固まっている。

「ユウシ……さん？」

ヴェレスが声をかけるが、勇志は反応しない。

唇は細かく震え、額からは大粒の汗が流れている。

「どうしたのよ、勇志。こんなところで立っていたら通行人の邪魔でしょ？」

「……さん」

「へ？」

鈴の問いかけに反応した、というわけでもない。

そして、勇志はやっと動き出した。


「何で……ここに……姉さんがいるんだ……！」


そう呟いて勇志は走り出す。

勇志にぶつかられた通行人が舌打ちをして睨みつけるが、勇志は気にしている様子もない。

勇志は向かう。ミーシャとレイアのもとへ……。

いや、その直ぐそばに居る人物のもとに――――。


「っ」


だが、それは叶うことはなかった。

雷に打たれたように、突然勇志が崩れ落ちた。

慌てて澪と鈴が駆け寄るが、勇志はぐったりと瞼を閉じ、気を失っている。

ヴェレスが救護を要請し、大地が勇志を担ぎ上げる中、

『――なぜあの人がここにいるかは知らぬが……そろそろ妾が起きる時かの』

そんな声が、勇志の頭の中で木霊した。

80話 あの時の草原っぽい

「ミーシャ、レイア。遅かったのね」

ゼロはドレット王国の門で、二人を迎えた。

「レイアが寄り道を提案したせいで遅れたのです」

「また私のせいにするのか……」

レイアの呟きを無視し、ミーシャは言葉を続ける。

「それと、中々面白そうな人たちもいましたよ。キョウサイ様と同じ、異世界から来たと思われる人たちです」

「それと、この国の王女もいたな。どうやら私の家のことを知っていたようだし……」

ゼロはそこで苦笑する。

「どうしたんですか?」

「いや……恐らくその人たちって……主人と一緒にこの世界に来た人じゃない? 主人って、ドレット王国から来たって言ってたし」

「「あ」」

ミーシャとレイアはお互いに顔を見合わせる。

ゼロは肩をすくめ、話題を変えた。

「それで、目的の物は買えた？」

「え、あ、はい。流石ドレット王国ですね。衣類、食料、どれをとってもシッカ王国より充実しています……ちゃんとゼロの服も買ってきましたよ」

「私は別に服とかこだわらないしなぁ……元々全裸だったたし、というか、主人に命令されて服着てるようなもんだし」

ミーシャは大きくため息を吐く。

「もういいです。あなたたちの衣類管理はキョウサイ様から勅命されました。ですから、文句は言わせませんよ」

「はいはい」

ゼロは踵を返し、歩み始める。

「さ、次はルナちゃんを迎えに行くわよ……って、レイア。さっきから呆けてるけど、大丈夫？」

「ん？　ああ。大丈夫だ、問題ない」

「そ」

ゼロは特に追及するわけでもなく、すたすたと歩き始める。

ミーシャもゼロについていった。

レイアもいつも通りついていこうとするのだが……。

「……いや、私にはもう関係のないことだ。気にすることなんてない」

何か、思いつめているようだった。

「ゼロ、少し止まってくれ」

「？　どうしたの？」

シッカ王国の領土に入ったであろうと草原の真ん中で、レイアが歩みを止める。

「ここ……何か変じゃないか？」

「変？」

ゼロはミーシャに視線を向けるが、ミーシャもわからないというように首を傾げていた。

「何というか……気持ち悪い。この辺り、一面が……」

レイアは顎に手を当てて、何かを考えている。

そんなレイアを見て、ゼロがミーシャに耳打ちをする。

（ちょっと、レイアったらどうしちゃったのよ？　あの子らしくない）

（私にもわかりません……ただ、ドレット王国で『アンジェリーク』という名を聞いてから、少しだけ落ち着きがない気がします）

（『アンジェリーク』？　それって、レイアの姓名よね？）

（ええ、そうですね……付け加えますと、アンジェリーク家は『六つ目の国』と言われるほど、世界中への大きな影響力を持った貴族でもありますね）

（……何でそんな子が奴隷なんてなってたのよ？）

（さぁ？　まぁ、でも……今のあの表情は、それとは関係ないと思います。あれは……前に一瞬だけ見たことのある表情ですね）

頷くと、ミーシャはおもむろに武器を取り出す。

「レイア、あなたが何を感じているのかわかりませんが……とりあえず警戒しながらここから逃げましょう」

「……どういうこと？」

レイアがいぶかしげにミーシャを見た。

街から程近い平和な草原だというのに、ミーシャの警戒心が尋常でなく高い。

それに、『離れる』ではなく『逃げる』という言葉を使ったのも気になる。

ゼロも、ミーシャの異常な様子に疑問を抱いているようだ。

「私が、前にレイアのあの表情を見たのは一瞬だけ……キョウサイ様と戦って、キョウサイ様の力を認識してしまった時……そして、その力が自分に牙を剥いていると認識した一瞬です」

「……つまり、レイアは――」

「――怖いのでしょうね。ここにいるのが」

ミーシャはゆっくりとレイアに近づく。

「……ミーシャ、少し試したいことがある」

見計らったかのようにレイアが口を開いた。

「この辺りの空間を全力で破壊する。下手したら次元の狭間に吸い込まれるかもしれないから……サポートしてくれ」

「そんなことを……そんな真剣な顔で言われても躊躇いますね。あなた、怖いのでしょう？　この、何もない草原が」

「……別に、草原が怖いってわけじゃない。ここが……ここだけがおかしいんだ」

「レイアが、恐怖を感じるなんてね」

ミーシャとレイアが声の主、ゼロに注目する。

「私には何も感じないし、危険だとも思わない……でも、空間破壊ぐらいならしてもいいかもね」

ゼロは二人をジェスチャーで遠くへ行くように促す。

「私が代わりに空間破壊をしてあげる。私なら、いざとなればレイアより強い力で無理やり空間を安定させることも可能だしね」

「……すまない」

「よっぽど気になるのね、ここが」

いつもは張り合うところだが、大人しくゼロに任せることから、レイアの焦りが伝わってくる。

ミーシャは一瞬だけ何かを言おうとしていたが、レイアと一緒に離れることにしたようだ。

「さーて、ルナも待ってることだし、さっさと終わらせるわよ」

ゼロは拳に軽く魔力を纏わせ、何もないところを殴る。

軽く纏う、といってもそれはゼロの基準であり、魔力量で言えばレイアの全力より数倍は多い。

普通なら殴った場所から半径数十メートルの空間にヒビが入るのだが……。


「……私が、押し負けた？」


何も起こらなかったのだ。

レイアの拳は、まるで空振りしたように宙を切った。

空間破壊とは、極大量の魔力を一瞬で放出することで、時空間に直接関与する技だ。

これにより、たとえ別次元に隠れていても空間を破壊して引っ張り出すことができるのだが……。

「確かに、相当やばそうね。ここ」


レイアの数倍の力で空間破壊を行っても、そこに何があるかすらわからなかった。

だが、何かあることは確かだ。

仮に何もないならば、空中にヒビが入るように空間破壊が起きるはずなのだ。しかし見た目が変わらないとなると、「何か」がレイアの力を無効化したということだ。

（今のレイアのステータスは、ポピュラーな神話級の魔物よりも数段強いはず……そのステータスで殴っても何があるのかすらわからないとなると……。神話級の魔物の中でも化物級が潜んでいる、もしくは……神そのものか）

ゼロはミーシャとレイアに、身振りでもっと離れるように促した。

「こんなに力を出すなんて……主人と決闘した以来ね」

一発目と同じように、拳に魔力を込める。

だが、込めている魔力の量は……先ほどの数京倍だ。

「私にここまで力を出させたことを後悔することね……次元の狭間に迷いなさい！」

今度は軽く……ではなく、全力で殴る。

いつもは周囲に影響が及ばないように範囲外の空間を固定しておくのだが、その魔力も全て攻撃に使って、『空間破壊』を行った。

そして――。

「――うそ、でしょ……？」

ゼロは、空間を破壊することができなかった。

先ほどと同じように、その先に何があるかすらわからない。

勿論、空間にはヒビひとつ入っておらず、傍から見ればパンチの空振りだ。

「そんな……ほぼ全力で殴ったのよ……？　何で……？」

ゼロは後ずさりをする。

ここまでしてようやく気が付いた。

――近づかないほうがいい。

「ミーシャ！　レイア！　ここから離れるわよ‼　私たちにここはまだ早いわ！」

一瞬で二人の下に移動したゼロは、二人を抱え上げて全力で移動する。

「え、ちょっ、何があったのですか⁉」

傍から見ているところ、ゼロは何もないところでパンチの素振りをしただけだ。

そのコミカルな様子と今の顔面蒼白のギャップに、ミーシャは困惑していた。

「私がほぼ全力で殴ってもあの空間は揺るがなかったわ……。恐らく、あの空間にいるのは……主人と同等か、それ以上の化物。少なくとも、私たちが勝てるような相手じゃない！」

「っ⁉」


ミーシャが何か言いたげにしているが、構っている余裕などない。

（レイアはこの私が感じ取れない何かを感じ取ったというの……？　なぜ？　いや、そんなことは後でいい。私が直感したこれは――――）

レイアの感じていた『恐怖』が、ようやく自分にもわかってきた。

そのレイアはというと……。

「……」

少しだけ不安な眼差しでゼロの顔を見ていた。

そんなレイアを見て、

（私に縋らないでちょうだい……。私だって不安なんだから）

そう思うゼロであった。

三人は知らない。

この場所こそ、強斎が最初に強制転移で飛ばされた草原だということを。

81話

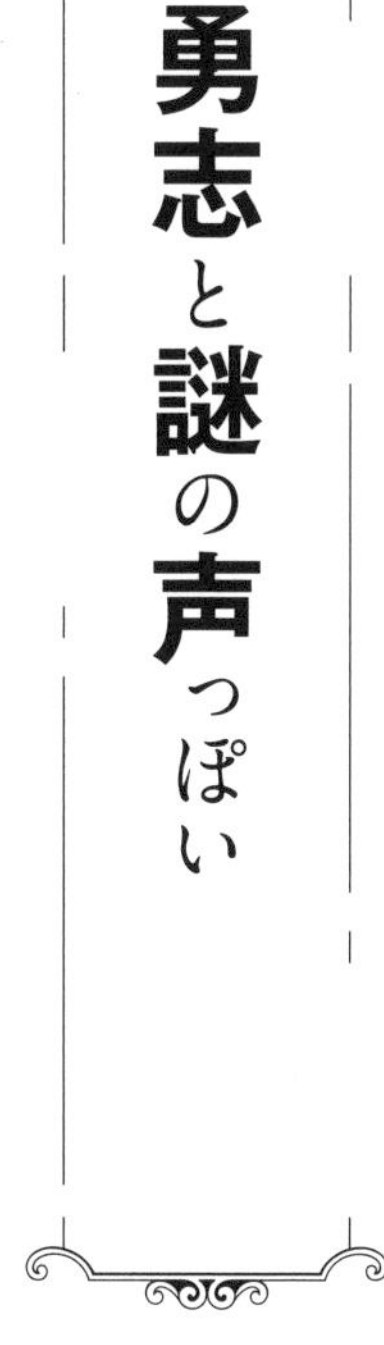

勇志と謎の声っぽい

『おい、ユウシとやら、聞こえておるか?』

「……? 誰?」

勇志は、暗闇の中にいた。

意識だけがあるようで、声の主どころか、自分自身の姿すら見当たらない。

『ふむ、聞こえておるようじゃな。時間もないからよく聞いておれ。妾のことは直にわかるようになる。それよりもじゃ……』

声の主ははっきりと、魂に刻みつけるような声で。

『あの半天使が帰ってきたら、直ぐに魔界へ向かうのじゃ。そこにはお主の望む結果は待っておらぬが……時間がない。妾から、あやつに伝える手段はそれしかないのじゃ』

「何を……言って……」

勇志の声は届かず、直後、暗い水中から無理やり水面に引っ張られるような感覚に覆われた。

「うう……っ」

「ユウシさん⁉」

目を開けると共に、異常な疲労感に襲われる。

なんとか頭だけを動かすと、見慣れた家具が目に入った。

この世界に来てからずっと世話になっている、ドレット城にある勇志の個室だ。

「ヴェレスかい……？　僕は一体……っ」

「無理して起き上がらなくてもいいですよ……。ユウシさんはミーシャさんとレイアさんと別れた後、急に倒れたんです」

「倒れた……？　なぜ？」

ヴェレスは不安そうな表情を、より一層深めた。

「覚えていないのですか……？　突然、『姉さん』と言って倒れたのですよ」

「……ごめん、覚えていな――」

そこまで言って、とある言葉が頭をよぎる。

「……魔界に、」

「え？」

「魔界に行け。と言われた。澪が戻ってきたら、できるだけ早く……そんな感じに言ってた気がする。誰に言われたのかはわからないけど……」

「……ユウシさん」

ヴェレスは勇志の手を両手で優しく包み込む。

「今は、ゆっくりと休んでください。それと、リンさんが言っていましたよ。『まず起きたら自分のステータスを確認しなさい。あなたの疲労感の正体はそこにあるから』と」

勇志は眉をピクリと動かす。

鈴は予測していたのだ。勇志が疲労感に襲われることを。

「わかった。確認してみるよ」

ユウシ・スズキ

LV122
HP　19300/19300（80000）
MP　16900/69200（72000）
STR　1512（6000）
DEX　1598（6500）
VIT　1601（7000）
INT　1531（6000）
AGI　1699（8000）
MND　1710（8000）
LUK　100

スキル

言葉理解
超解析
聖騎士Ⅱ
作法 LV15
剣術 LV33
威圧 LV28
状態異常耐性 LV22
火属性 LV28
水属性 LV27
土属性 LV27
風属性 LV26
光属性 LV38
闇属性 LV24
HP 自動回復速度上昇 LV27
MP 自動回復速度上昇 LV28
限界突破

属性

火・水・土・風・光・闇
神の誓約（？？？）

「何だ……これは？」

愕然とする勇志。倒れる前にはなかった、「神の制約（？？？）」という属性が追加されている。

そして、ステータスの後ろには、括弧（かっこ）の中に桁違いの数字が並んでいる。

状況に思考が追いつかず黙り込んだ勇志を、ヴェレスが心配そうに見つめる。

「私にはユウシさんのステータスを覗くことができません……それに、ステータスプレートで見せてもらってもさっぱりなのです。でも、リンさんやダイチさんは……ユウシさんに何が起きたのか、わかっているようでした」

ヴェレスの表情がどんどんと曇っていく。

「私は……私は、皆さんの仲間になりたいです。でも、私と皆さんでは知っているもの、常識、……見えている世界。何もかもが違います」

勇志の手を握るヴェレスの力が強くなる。

「やはり、住んでいた世界が違うと仲間になれないのでしょうか？　皆さんがお話している姿はとても活き活きとしていて……とても輝いていました。そこに、私は入っていけないのでしょうか？」

勇志は困ってしまう。

確かに、ヴェレスに通用しないような地球の話で、楽しげに盛り上がってしまうことが多かった。

その時、ヴェレスが寂しそうに笑っていることなど、気づきもしなかった。

「ヴェレスは……既に仲間だよ。それに、僕の恋人だ」

「ユウシさん……」

こういう時の慰め方を、勇志は知らない。

自信を失った状態に陥ったら、勝っている側が何を言っても逆効果なのだ。

だから昔、自分にかけられた言葉を、今度はヴェレスにかける。

「今はついてこられなくても、ゆっくり、ゆっくりと焦らずについてきてごらん。そうすればきっと……自分の望む結果が待っているから」

「……ふふっ」

ヴェレスは口元に手を当て、小さく笑う。

「勇志さん、何を言っているのかわかりませんよ」

「ははは……僕も、何を言われたのかわからなかったよ、最初は」

ヴェレスは勇志の手を放し、踵を返す。

「それではユウシさん、私はリンさんとダイチさんにユウシさんが起きたことを報告しに行ってきますね」

「うん、ありがとう」

そう言い残し、ヴェレスは部屋を去っていった。

「……」

勇志はもう一度ステータスを確認する。

（各数値の横にある数値……恐らく、これが本当の僕の数値なんだろうね）

現に、勇志の疲労感は全く抜けていない。

体調も万全とは言えないが……なぜか体はいつも以上に軽かった。

「半天使……多分、澪のことだよね？　やっと、見ていた夢を起きても忘れなくなったってところかな」

勇志は頭を押さえながら立ち上がる。

「僕の望む結果が待っていない？　ヴェレスに言った手前、僕がそれを実現できなくてどうする？　僕の中に何がいるか知らないけど……抗（あらが）ってあげるよ、全力でね」

82話 強斎VSゼロっぽい

自分で撃ち抜いた肩の傷をゼロに治療してもらい、自らの過去を打ち明けて、強斎への愛を確かめた後。ルナは、森で色々な魔物を倒して眷属にしたり、のんびり果物を採っていた。そんなルナの前に、ゼロが一瞬で現れた。

ゼロがなんの前触れもなく現れるのは既に常識と化しているので、いつもは驚かないのだが……。

「あ、ゼロさ――――って、どうしたのですか⁉」

「ルナ！　今すぐ主人の下に行くわよ！　何か色々ヤバイ！」

「え？　え？　本当にどうしちゃったのです？　ゼロさんらしくないですよ？」

いつも飄々としているゼロが血相を変えている様子に、あたふたするルナ。

そして、ルナはゼロが抱えている二人を見て――――青ざめた。

「そんな……ミーシャさん⁉　レイアさん⁉」

そう、ミーシャとレイアが……気を失っていたのだ。

あのゼロがここまで焦って自分の下に来る……まるで、何かから逃げているように。

そして、そのゼロが抱えているのは気絶した二人。

導き出された答えは――――。


「世界、滅んじゃうんですか⁉」

「え？　は？」

「だって、ゼロさん……何かから逃げてきたんですよね⁉」

「まぁ、そうだけど、それと世界が滅ぶ可能性との関連性は――――十分にあったわ」

ゼロが感じたあの感覚、そして、自分の力では歯が立たなかった事実。

確かに、あの草原に住んでいる『何か』は、世界を滅ぼす力を持っているといっても過言ではないだろう。

「ううっ、ミーシャさん、レイアさん……そんな化物の相手をしたせいで……」

「……ん？」

「ゼロさんでも治療できないとなると、やはり主様に頼るしかありませんよね……！　わかりました、早く主様のもとへ！」

「え、ちょ……あ」

そこで、ようやくゼロは気が付く。

一瞬とはいえ、ゼロは二人を抱えて全力に近い速度で走ったのだ。

光を軽く凌駕（りょうが）するその速度の中で、ゼロは何万と同じ風景を見た。

そう、世界は丸かったです。

勿論、いくら強いとは言えミーシャとレイアはその速度についていけず……結果、失神してしまったのだった。

「あー……ルナ。よく聞きなさい」

「はい！」

「ミーシャとレイアは誰とも戦っていないし、まだ世界を滅ぼすような化物は出てきていないわ」

「え？　でしたら……」

「……ちょっと自分の移動速度に歯止めが利（き）かないぐらい走っちゃってね……。その速度に酔っちゃったみたい」

「……つまり？」

「私のせいです。はい」

軽くルナに叩かれるゼロであった。

「あ、主様。おかえりなさいです」

「おう、ただい――――って、ミーシャ⁉　レイア⁉　どうしたんだ⁉」

ゼロたちがキャルビス城に着いた数時間後、強斎も帰ってきた。

ベッドに寝かされている二人を見て、強斎は驚愕の声を上げる。

「安心してください。ゼロさんがお二人を連れて、世界を一瞬で何万周したせいで酔って気を失っただけです。あ、ゼロさんが『世界は丸かった』と」

「青じゃねぇのかよ！」

「……？　まぁ、そういうわけですから、心配しなくてもいいですよ」

「わかった、ところで、そのゼロは――――」

「おらぁ‼　化物(キョウサイ)が帰ってきたってのは本当かぁぁ‼」

ドアをぶち破り、誰かがずんずんとが中に入ってくる。

元魔王のキャルビスだ。

キャルビスは強斎を見つけるやいなや、ずかずかと近づいてきて。

「おい貴様……！　今までどこに行っていた！」

「どこにって……前住んでいた住処をダンジョン化させに――――」

「そんなことはどうでもいい！」

「ええー……」

強斎の言葉を遮って、キャルビスは一枚の封筒を強斎に突きつけた。

「お前宛に招待状が送られてきた。新魔王を一目見たいと……魔界で最強の魔王がお呼びだ」

キャルビスのその表情は真剣だった。

この表情をするということは、つまり……。

「つまり、その魔王をぶっ飛ばせばいいんだな？」

「ちっがぁぁぁぁう‼　なるべく温厚に過ごせ！　いいか？　絶対だぞ！」

「お前……魔界のトップに立って、なんやかんや魔界の制度を変えるって言ってなかったか？　俺がぶっ飛ばせば楽になるぞ？」

「ははははははは…………仮に、お前がその魔王をぶっ飛ばしたとしよう」

「おう」

「その後の処理はどうする？　新しい国作りは？　負けた配下の振り分けは？　他の間国との交渉は？　お前がやるのか？」

「何を馬鹿なことを。キャルビスがやるに決まってるだろ」

「ぶっ殺○ぞ⁉」

「おう、怖い怖い」

つまり、根回しをしていない今、強斎がその魔王を倒してしまっては、後々かなり面倒になるということだ。

「……はぁ。それと、呼ばれているのは私とお前と……後、眷属一人の合計三人だ」

「ふむ……まぁいいだろう。確かに、側近なしで来いと言われても怪しいだけだしな」

強斎はミーシャたちを見るが……。

「……ミーシャとレイアは無理そうだな」

「主様、私もお二人の看病をしなければならないので……すみません」

もとより、ルナには二人の看病を頼もうと思っていたのだ、特に気にする必要はなかった。

強斎と目が合ったルナが、強斎が何かを言う前に自分から申し出た。

「となると、やっぱりゼロになるか……あいつはどこに行ったんだ？」

「ゼロさんなら、主様が創った新しい土地にいると思いますよ」

キャルビスと強斎は、互いに頷き合うと、強斎は一人で踵を返し、部屋を出て行った。

◆◆◆

ゼロの魔力をたどって着いた先は、強斎が『アヴァロン』で創った魔界の中にある楽園。

「こんなところで何をしている？」

「あら、主人。おかえりなさい」

ゼロは、自然豊かな大広間で呆けていた。

キャルビスには城内で待ってもらっている。

「お前がミーシャとレイアを抱えて、加減なしで走るなんて珍しいな」

「……そのことについては本当に申し訳ないわ」

ゼロは強斎に向き直り、立ち上がって対峙する。

いつもとは違うゼロの雰囲気に、強斎も少しだけ緊張する。

「ねぇ、主人。二つほどお願いがあるわ」

「……なんだ？」

ゼロは、遠くに霞むキャルビス城を眺めながら言った。

「先ず、レイアは一体何者なの？　アンジェリーク家って何よ」

「その質問は直接レイアに聞けよ……。俺はこの世界の制度なんてわからんからな」

「……そう。じゃあ、もう一つ」

ゼロのその眼を見た瞬間、強斎は久しぶりに『戦慄』を感じ取った。


「私と、戦ってちょうだい」

刹那、二人の周辺の時間が止まったかのように、静寂が襲った。

「……どうしたんだ？　突然」

強斎は感じている『戦慄』を極力表情に出さないように、とぼけながらゼロに問う。

「理由？　うーん……そうねぇ……。久しぶりに戦いたくなったから。じゃ、ダメかしら？」

（戦いたくなったからって理由だけで、その気迫はやめてほしいもんだ……）

強斎は昔、この気迫とほぼ同等の『戦慄』を感じたことがある。

まだ、強斎が幼かった頃……そう、勇志の姉、『鈴木優華』が生きていた頃だ。

「その気迫を出せる奴が別世界とは言え、二人もいたとはな……」

「何を言っているのかわからないんだけど……戦ってくれるの？」

「……わかった、戦ってやろうじゃないか」

強斎も、興味があった。

今の自分が、この『戦慄』に襲われながらまともに戦えるのか……。

（だが、なぜだ？　俺とゼロには相当なステータスの差がある。なのに、なぜあいつと対峙したかのように感じている？）

そこまで考えたところで、強斎は頭を振った。

（いや、ゼロはゼロだ。あいつじゃない。今はゼロの頼みを聞いてやろう）

「それで？　戦うってのは勿論――――」

「ええ、拳と拳の殴り合い。私が主人と出会って直ぐにやったことよ」

「……ゼロ、本当にどうしたんだ？　言っちゃ悪いが、お前は俺には……」

「勝てないわね、絶対に。でも、戦わなくちゃいけないのよ。これは主人のためでもあるのよ？」

ゼロはすっと近づき、強斎の頬に手を当てる。

「あなたには義務があるわ。世界で誰よりも強くなる……神だろうが、絶対法則だろうが、全てを覆すほど強くなる義務が……。そのためには利用しなさい。敵も、味方も、何もかも全てね」

「残念だが、それはできない」

強斎は頬に当てられているゼロの手を取り、握る。

「俺はそこまでして強くなりたいとは思っていない。いざという時に皆を守れる様な……それだけの強さでいい」

「……そっか」

ゼロはすっと目を細め、手を振り払うと強斎から離れた。

「なら、確かめさせて。私を……いいえ、私たちを守れる実力があるのか」


ゼロは腕を目一杯挙げて……勢い良く振り下ろした。

瞬間、二人の間に強風が吹き荒れる。しかし、二人から一定距離が離れたところに生える木々は、まるで時間が止まったようにそよともしない。

風に髪を靡（なび）かせながら、ゼロがうっとりと微笑んだ。

「……さぁ、戦いましょう？　私の愛しきご主人様」

「被害を最小限に抑えるために結界を張るなんてな……そんな気遣い、とても元魔神とは思えないぞ？」

「別に、私は破壊神ではないわ。ただ、気に食わない神々を弑していただけよ……」

優雅な微笑をなくしたゼロは、腰を落とし、一歩で距離を詰める。

そして、振り絞った拳で本気で強斎の腹部を殴る。

しかし……。

「やっぱ、通用しないかぁ……」

魔力を全て一点に集中させたというのに、ゼロの拳は強斎の服を風圧で靡かせるだけだった。

だが、

「……何で笑っているんだ？」

ゼロは笑っていた。

楽しそうに、頬が緩むのが我慢できない、という感じだ。

「そりゃ、こんなにも強いもの。嬉しいに決まってるじゃない」

「わからんな」

強斎はゼロの額に指を向ける。

「っ！」

ゼロは瞬時に腕を交差させ、額を守ったその瞬間……強斎は指を軽く弾いた。

「————!!!!」

やっていることはただのデコピンだ。だが、威力が尋常ではない。

現に、魔神と呼ばれているゼロが物凄い勢いで吹っ飛ばされてしまった。

先ほど自分で張った結界にぐったりと背中を預け、苦しげに肩で息をしている。

「ゼロ、諦めろ。お前じゃ俺には勝てない」

強斎の言葉に、返事はない。

この程度でゼロがやられるわけがないとわかっていても、少し不安になる。

「いつつ……確かに、私じゃ主人には勝てないわ……でも、言ったでしょ？　これは主人のために戦っているんだって」

だらりと下がった左腕を庇いながら、ゼロは強斎の下へ歩み寄る。

「というか、デコピンで私の腕の骨を折るって……またどんどん強くなってきているわね」

ゼロは深く息を吐く。

それだけで、左腕の腫れは引き、再びその拳は強斎へと向けられた。

「さぁ、じゃあ続けましょうか」

「まだやるのか……」

「当たり前よ。でも……この先は気を引き締めなさい。私が本気で……あなたを殺しにかかるわ」

ゼロの雰囲気が変わる。

強斎は、早くこの戦いを終わらせたい気分だった。

(この気迫を出しながら『殺す』とか言うなよ……割と怖いんだが)


ゼロは目を瞑り、小さく口を動かしている。

「詠唱か……？　いや、ゼロに詠唱が必要な魔術なんて──」

「詠唱をしないと、完全にはならないのよ」

ゼロの詠唱は数秒で終わっていた。詠唱の長さは、魔術の強さに比例する。たかが数秒。

だが、ゼロに『詠唱をさせた』という事実だけでも、身構える必要がある。

「さて、行くわよ？」

「……来るな」

「『ゲイボルグ』」

ゼロの呟くような詠唱に、強斎は眉をピクリと動かす。

次の瞬間。

強斎の顔は、驚愕に染まっていた。

「……これが、詠唱の理由か……。『ゲイボルグ』、マジで厄介だぞ……」

強斎の腹部には、深々と巨大な槍が突き立っていた。

苦笑いをしながら自分の腹に生えた槍を掴む強斎だが、先端が見えないほどの巨大さゆえ、引き抜くこともできない。

「必中な上に防御無視。効果はそれだけだけど、単純だからこそ強い武器よ」

ゲイボルグは、しばらくすると光の粒子となって消えてしまった。

後に残ったのは、腹部に空いた巨大な穴と、したたり落ちる血。

強斎は自然回復で治るだろうと思っていたのだが……。

「――――なるほど、自然治癒妨害効果付きか……」

「ついでに毒もあるわよ。流石に即死効果は、主人に対しては働かないわね」

「即死もつけたのかよ⁉」

強斎は顔を引きつらせる。

ゼロは……本気で殺しにかかってきていた。

83話 キャルビスとルナっぽい

「……遅いな」

キャルビスは魔界にできた異様な場所……強斎が創った自然豊かな楽園、『アヴァロン』を、王城から眺めていた。

そこには新魔王である強斎が眷属を呼びに行ったはずなのだが、如何せん帰りが遅い。

「まさか、逃げたのか？」

無意識に零れた呟きの後、キャルビスは、今吐いた言葉を撤回するように首を振る。

付き合いは短いが、約束を破るようなことはしない男だ。

ただ、サボり癖があるだけで……。

「それでも十分問題だけどな」

キャルビスは小さく息を吐き、踵を返す。

強斎が戻るには、まだ時間がかかりそうだ。

（たまには、新魔王の眷属と話をするのも悪くないかもな）

「あ、キャルビスさん。さっきぶりですね」

「う、うむ」

青髪の兎耳の少女を前に、キャルビスは少しだけ怖気(おじけ)づいてしまう。

実際には戦っていないが、このルナのステータスは自分の『特殊能力』で把握している。

見た目は幼い少女だが、キャルビスを圧倒する高ステータスなのだ。

初めて強斎と対峙したのも、このルナを介してなので、多少なりとも意識はしてしまう。

「どうしたのですか？」

幼女で非戦闘民族……しかも相手からは全く敵対心を感じられない。

それなのに、冷や汗を隠すことはできなかった。

「あの……キャルビスさん？　私相手にそこまで緊張しなくてもいいのですよ？　主様にはあんな軽い態度を取れて、私に緊張するなんて……少し変わってますね」

「兎族のくせして私の配下を殲滅させた奴に、変わってると言われても困るんだが？」

「ふふっ、それもそうですね」

ルナは顔面蒼白のミーシャとレイアを眺めながら、言葉を繋げる。

「……私は、最初から強かったわけではありません。今でこそ怯えるほどの相手はあまりありませんが……昔はこの世界、この運命そのものに怯えていました」

「……」

「知ってましたか？　私、つい数ヶ月前まで、HPなんて50もなかったんですよ？　加えてスキルは習得できないし、魔術だって使えません。病気にもよくかかって中々治らず、髪の色も紫で同族から迫害され、挙げ句の果てには『戒(ギアス)』まで埋め込まれていました」

キャルビスの眉が、少しだけ下がる。

ルナの目が、少しだけ潤んでいた。

(今のこいつからは、全くそうは見えないが……恐らく、本当なのだろうな)

観察力にも優れているキャルビスにとっては、この瞳だけでも十分な証拠になる。

「あ、今嘘だろ？　って思いましたね？　本当なんですよ？」

「ああ、わかっているさ」

「本当ですか？　まぁ、そんな状態で私は雪山に放り出されたんですよ。放り出されたというより、そこで前の主人が雪崩(なだれ)に巻き込まれて死んだと言ったほうが適切ですかね」

ルナはミーシャの額に流れた汗を優しく拭き取る。

「『戒(ギアス)』を埋め込まれていた私は主人を失い、その契約の効果によって数日で死ぬ運命でした。体力も限界で動くこともままならない私は、ようやく『これで死ねる』って思っちゃいましてね。そのまま寝ちゃったのですよ」

ルナは小さく笑っている。

「で、次に目が覚めたら、横に人がいたんですよ。しかも、『戒（ギアス）』の苦しみも収まっていましてね。あの時は絶望しました。『新しい契約が結ばれたんだ』って。『また地獄が始まる』って。でも、それは大違いでした」

「それが、あの男か」

ルナはしっかりと頷く。

「私の変な髪の色も、スキルや魔術が使えない原因も、ステータスが低い原因も、全て呪いのせいだと言って、直ぐに消してくれたのです。美味しいご飯も、ちゃんとした服も頂いて、更に『強さ』まで頂きました。あ、このことは秘密にしてくださいね。自慢したってばれると怒られちゃいますから」

ルナはミーシャとレイアを見ながら、人差し指をしーっ、と自分の口に当てる。

「それにしても、奇跡っていつ起こるのかわからないですよね。聞いた話ですと、私を見つけられたのは、ミーシャさんとレイアさんが雪合戦をしていたのが理由らしいのです。しかも、ミーシャさんが相手を隷属化（れいぞくか）させる術を知っていまして、そのおかげで主人と私が奴隷契約を結ぶことができて……」

「なんだと⁉」

キャルビスが急に大声を上げたので、ルナの耳がしゅんと折り曲がる。

「す、すまない……」

「いえ、大丈夫ですよ。あの、私、変なこと言っちゃいました？」

ルナは不安そうにキャルビスの顔を覗く。

そんな顔をされたらキャルビスは否定したくなるが……こればかりは嘘を吐けない。

「ああ……聞き間違いであってほしいのだが……先ほど、そこの獣人が『隷属化』の術を知っていると言ったな？」

「え、ええ。それが何か……」

「お前も奴隷だったのなら聞いたことはあるだろう。その隷属化の詠唱を」

強斎の奴隷になった時は意識を失っていて聞いていなかったが、前の主人との契約時にその詠唱を聞いたことがあった。

「はい、聞いたことあります」

「その詠唱を覚えているか？」

「……残念ながら」

その答えにキャルビスは大きく息を吸い、ゆっくりと吐く。

「質問を変えよう。その詠唱を理解できたか？」

ルナは考える。

今より幼かったとは言え、言葉を理解する程度の知能はあったはずだ。

その時、自分は何を思ったか――。

「……何を言っているのかわかりませんでした」

「だろうな、それが正解だ」

「え？」

キャルビスの額には冷や汗が流れる。

だが、先ほどの冷や汗ではなく、未知に対する冷や汗だ。

「この世界で奴隷にされる確率が最も高いのは、身分の低い者が多い獣人だ。それはわかっているな？」

「はい」

「そして、奴隷にするためには詠唱が必要だ。そう、その詠唱がなければ大半は奴隷にすることができないのだ。それがわかったら、獣人たちはどうすると思う？」

「……その詠唱を伝承させなくする……ですかね」

キャルビスは頷いた。

「そう、だけどそれはできないのだ。なぜなら――――」

キャルビスは、ミーシャをジッと見つめる。


「――――獣人には理解できない詠唱なのだから」


ルナは反射的にミーシャの顔を見る。

「そいつは紛れもなく獣人だよ。ステータスは獣人ってレベルじゃないけどな」

「……このことは、主様に言わないでください」

「なぜだ？」

「ミーシャさんが主様に話していたら、言う意味がありません。もし話していないとなると……主様を騙してでも隠したい何かがあると思いますから」

キャルビスは少し考えた末に、ため息を吐いた。

「わかった。ただ、一つだけ教えてくれ。お前たちは全員あの化物から『強さ』を貰ったのか？」

「いえ、ゼロさんだけは元からあんな感じで強かったです」

「何？」

「何せ、ゼロさんは――――」

――――ズドォォォォン‼


「「⁉」」

どこからか大きな音が聞こえ、ルナの声を遮った。

「くっ、どうせあの男のせいだろう……！　話の途中ですまないが、私は失礼する！」

「あ、あの、先程のことは――――」

「大丈夫だ、言わないから安心しろ」

そう言ってキャルビスは部屋を出る。

城外に出るまでの間、キャルビスは考え事をしていた。

（もし、あの兎族の言っている『強さ』が、あの男により与えられたことが本当だとしたら……あの男、初代魔神様と同等の能力を持っているのか？）

もし、キャルビスが最初から強斎のそばにいれば、大変なことになっていただろう。

ミーシャの知っている魔神が、初代の魔神の能力なのだから。

ルナ

配下数 9
LV71
HP 8000509/8000509
MP 18002443/18002443
STR 700144
DEX 700162
VIT 700205
INT 700222
AGI 700161
MND 700244
LUK 40

スキル

体術 LV80
棒術 LV81
槍術 LV80
剣術 LV78
弓術 LV82
料理 LV21
調教 LV88
威圧 LV84
隠蔽 LV68
解析 LV42
空間把握 LV55
危機察知 LV56
状態異常耐性 LV86
火属性 LV85
水属性 LV88
土属性 LV85
風属性 LV84
光属性 LV80
闇属性 LV88
HP 回復速度上昇 LV80
MP 回復速度上昇 LV84
超隠蔽
アイテムボックス
魔物召喚
意思疎通

属性

火・水・土・風・光・闇
召喚魔術（ユニーク）

84話 禁忌魔術っぽい

キャルビスとルナが話している頃、ゼロと強斎は睨み合いを続けていた。

「おいおい、ゼロさんや……その武器は反則じゃありませんかね？」

「あら、主人ならこの程度、直ぐに挽回(ばんかい)できるでしょ？」

確かに、強斎ならば一瞬で勝負を終わらすことができるが……。

（なるべくゼロは傷つけたくないが……今回はちょっと無理っぽいな）

ゼロを気遣うあまり、セーブをかけてしまっていた。

「何か、懐かしいわね。こうして主人と殺し合うの」

「殺し合う？　俺はお前を殺そうとしたことなど一瞬たりともないが？」

「あらあら。なめられたものね」

ゼロは『ゲイボルグ』を上空に放り投げる。

強斎は反射的にそれを目で追った。

『ゲイボルグ』は空中で動きを止めると、重力に従って切っ先を徐々に強斎へと向ける。

「私の強さはあの時と大して変わってないわ。ただ、スキルレベルを主人に上げてもらっただけよ？」

ゼロは指を鳴らす。

『ゲイボルグ』が三十本程に増えた。

三十の刃が、光にきらめく。

「うっそだろ⁉」

全てが強斎に矛先(ほこさき)を向けた瞬間、『ゲイボルグ』は消えた。

「ぐっ⁉」

次の瞬間には、三十もの槍が強斎の全身に突き立っていた。

体力的には全く問題ないが、防御力が全く意味を成さないので痛みは感じる。

「……やっぱ、ものともしないのね」

「十分にいてぇよ」

ぼやく強斎に、ゼロはどこか嬉しそうに笑っていた。

いくら防御力がなくなったとはいえ、強斎の体力は相当な量だ。先程受けたダメージなど、ＨＰからすると無に等しいだろう。

「随分と嬉しそうだな」

「ええ、すっごく嬉しいわ。だから、もっともっと主人の力を見せてちょうだい！」

ゼロはまた詠唱を始める。

先程同様数瞬で終わる短い詠唱だが、強斎は必要以上に身構える。


「虚無（きょむ）系統禁忌（きんき）魔術――――『ティルフィング』」


「っ⁉」

強斎はその言葉を聞いた瞬間、鳥肌を抑えることができなかった。

「ば、馬鹿野郎‼　その武器は――――」

「勝利と破滅の剣『ティルフィング』。決して錆（さ）びることなく、持ち主に必ず勝利を与えると言われているわね。だけど――――」

「持ち主の願いを叶えた後、必ず持ち主を殺す……ゼロ、遊びにしては度が過ぎるぞ！」

「遊びなんかじゃないわ」

ゼロは『ティルフィング』の剣先を強斎に向ける。

「言ったでしょう？　これは主人のためでもあるって。この先、とんでもない戦いにあなたは巻き込まれる。私なんか、歯が立たない程強い奴らと戦うことになる」

「……お前は、何を見てきたんだ？」

ゼロは鼻を小さく鳴らす。

「直接見たわけじゃないわ。ただ、私の記憶にない……本能とでも言いましょうかね。それが警鐘を鳴らしているのよ。レイアのほうが先に感じていたみたいだけど」

「そんなあやふやなものに……自分自身の命を懸けるというのか？」

「ええ」

即答だった。

ゼロはゆっくりと強斎に歩み寄る。

「だから、利用しなさい。この私を倒して、更に強くなって！」

「そんなこと……できるかよ‼」

ゼロが強斎に向かって走り出したと同時に、強斎がある魔術を使う。

その魔術とは――――。


「……あれ？　こんなところで何やってるの？」


――――記憶操作。

この世界にも、記憶操作の魔術は存在している。

だが、その魔術を使えるものは歴史を見てもかなり少なく、使えたとしても数分前の記憶を消したりする程度だ。

だが、強斎は先程のゼロの言動から、魔界に来る少し前に何かがあったと察し、それまでの記憶を丸ごと消してみせたのだ。

だが、ゼロ程の魔術耐性を持っている相手に、ただでさえ大量の魔力を消費する記憶操作魔術を使ってしまったので、流石の強斎も疲労し始めていた。

「え？　ちょっ、どうしたの⁉」

「う、うるせぇ……とりあえず、その手に持っているものを渡せ」

何が起きているのかわからず、うろたえるゼロ。

そして、自分の手に握られている剣を見て、目を見開いた。

「これ……『ティルフィング』じゃない⁉　何でこんなものが……」

「いいから渡せ！」

初めて聞く強斎の怒鳴り声に、ゼロはビクッと一瞬だけ震えてしまった。

ゼロの怯えた表情を見て、強斎は俯いてしまう。

「ど、どうしたのよ……？　私が何かしたの……？」

「……すまない」

強斎はゼロと目を合わせないようにしていた。

強斎の機嫌が悪いのには理由がある。

（結局、俺はゼロを止めることができなかった……しかも、さっきまで話していたことまで完全に忘れさせるなんて……胸糞悪い）

強斎は記憶操作を躊躇っていた。たとえ眷属とはいえ、記憶を奪うことはその分の人格を奪うことだ。

だが、そうせざるを得なかったのだ。

（ゼロのあの目つき……本気で自分の命を犠牲にしてでもって感じだった……。あいつは、本当に何を見てきたんだ）

おずおずと差し出すゼロから、『ティルフィング』を受け取る。

とりあえずは、この剣を破壊することが先決だ。

「確か、鞘から抜かれた時点でアウトのはずだが……そもそも鞘がないな。ってことはまだ発動条件を満たしていないのか？」

「えっと、主人？　何でそんなものを私が握ってたの？　というか、何で私がここにいるの？　さっきまで、ドレット王国でミーシャとレイアを待ってたはずだけど……」

ゼロは恐る恐ると言った感じで強斎に話しかける。

「……そのことについては後で話す。ところで、この剣の破壊方法ってなんだ？」

「え？　うーん……。普通に踏みつぶしてみれば？」

「わかった」

強斎は『ティルフィング』を地面に置き。

「ちょ、主人！　今結界張るから待って――」

「オラァ！」

強斎は知らなかった。

ゼロの記憶を奪ったその瞬間から、結界が解けていたことに。

「ゲホッ！　ゲホッ！　主人！　ちゃんと人の話は最後まで聞きなさい‼　私が咄嗟に即席で結界張らなかったら魔界が壊滅していたところよ⁉」
「すまない……まさか結界がなくなっていたなんて……。だ、だがこの通り『ティルフィング』は完全に壊れたぞ！」
「それとこれとは別よ！」
強斎たちの周りは一面の荒野だった。

先程まで、色とりどりの花が咲き緑が生い茂る『楽園』だった土地が、今は一面の岩と瓦礫が広がる無法地帯となっている。

「全く……。で？　何で私がこんなところにいて、あんな物騒なものを握ってたわけ？」

「それはだな……うーん……」

強斎は迷っていた。

話すべきかどうか。

（やっぱ、話さなきゃならんよなぁ）

「実は――――」

「あ、もしかして私に対して記憶操作でもしたの？　それならその疲労も納得できるわね」

「……その通りだ」

あっさりと正解を導き出したゼロに、うな垂れて肯定する強斎。

「そっかー。記憶操作されちゃってたかー………私、何やったの？」

ゼロはしばらくの沈黙後、何かに思い当たったように顔を引きつらせた。

「ちょっと待って、私の手には『ティルフィング』が握られていて……って、『ゲイボルグ』まで発動してる!?　え？　え？　何？　私暴走しちゃってたの!?　何で!?」

ゼロは強斎の首元を掴み、強斎を激しく揺らす。

「ちょ、落ち着け！　大丈夫だ！　お前は何も……何も……」

「したのね⁉　私、何かしたのね⁉」

ゼロは大きく息を吐き、『ゲイボルグ』も解除する。

すると、強斎の自動回復も発動した。

「ま、主人が何とかしてくれたみたいだし……何か、ごめんね？」

「……いや、謝るのは俺のほうだ」

と、次の瞬間、大岩が強斎めがけて飛んできた。

強斎は手を少し動かしただけで、その大岩を粉々に砕いた。

「……キャルビスか」

「正解だよ、この化物」

キャルビスは投げつけた岩の陰から、顔を引きつらせて現れた。

どうやらご立腹のようだ。

「用事を放ったらかして、環境破壊活動か？　貴様は何がしたいんだ？」

「？　……あ、そうだった‼　ゼロ！　今から別の魔王の所に行くぞ！　ついてこい！」

「え？　あ、うん。いいけど」

「よし、キャルビス。案内――――」

「忘れてたんかい‼」

キャルビスの拳が強斎の頭にヒットする。

勿論、ダメージを受けたのはキャルビスの拳のほうだ。

「いっつ……。ついつい殴っちまったよ」

「いや、何というか。すまない」

「主人、さっきから謝ってばっかりだねー」

こうして、強斎とゼロの殺し合いは意外な形で幕を降ろした。

85話 最強の大魔王っぽい

ゼロとの一戦を終えた強斎がキャルビスに案内された先は、キャルビス城から『楽園』を挟んで遠く離れた魔国にある、巨大な城だった。

人間界の城と比べると十分に大きいキャルビス城よりも更に立派で、不気味な彫刻からは魔界っぽい雰囲気が感じられる。

「ほう、ここが魔界で一番偉い魔王の城か」

「ここを拠点にするのも悪くないわね」

門は開け放たれており、どうやら自由に入っていいらしい。

強斎とゼロは、冗談で済まされない会話をしながら城に乗り込む。

「いや、お前らが言うと本気でやりそうで怖いんだが……」

ついて来たキャルビスも不安でいっぱいだった。

「それで？　俺は何で呼ばれたんだ？」

「お前のことを一目見たいからと、さっき伝えたはずだが？」

「その理由は――――知らないよな……」

「すまないな」

謝るキャルビスに強斎は肩をすくめ、一度立ち止まった。

「……そういえば、この魔王城の名前はなんだ？」

「？　魔王城だが？」

「いやいや、城の名前はその城にいる魔王の名前になるんだろ？　お前の城はキャルビス城だし。なら、この魔王城にもあるんじゃないのか？」

「……確かに、そうだな」

キャルビスは少しだけ考え込む。

「何をそんなに考える必要がある？」

「いや、本当に私は知らないんだ。この城の名前を……というか、『魔王城』という名前で完成しているのかもしれない」

「どういうことだ？」

「実はな、この城は私が生まれる前から……いや、下手したら魔界ができてからずっとある。そんな長い歴史の中でこの城の王だけは……代わったという話を聞かないのだ」

「つまり、名前を変える必要がないってことか……面白い」

「でも、たかが新しい魔王に就任したごときで高圧的に主人を呼び出すなんて……感心しないわね」

　ゼロはちょっとだけ不機嫌そうにキャルビスを睨むが、キャルビスは肩をすぼめて苦笑いをする。

「私も何度か会っているが……正直、ここの魔王は別格だ。魔界で最強と言っても過言ではない……お前たちを除いてな」

「随分と評価するんだな」

　強斎は、自分たちに対するキャルビスの評価が案外高いことに驚いていた。

「言ってなかったか？　私はお前たちの『強さ』を見ることができる」

「「!?」」

　強斎はすぐさま自分のステータスを確認する。

（『超隠蔽』はしっかり発動している……キャルビスのステータスには『超解析』に準ずるスキルは存在しないはずだが……）

「ふふっ、ようやくそういう顔をしてくれたな。そのほうが年相応で可愛げがあるぞ？」

「……あなた、もしかして」

　ゼロはキャルビスを据え、ボソッと口にする。

「『特殊能力』持ちなのかしら？」

「……なぜわかった？」

「さっき、『ステータス』とは言わずに『強さ』と言ったわね？　つまり、ステータスだけでなく……スキルや属性を含んだ、総合的な能力もわかるんじゃないかしら？」

今度は、キャルビスが不機嫌そうな顔を浮かべる。

「ほとんど正解だ。私は、ステータスや所持スキル、属性を全てひっくるめて『ランク』という形で見ることができる。逆に、ステータスやスキルの詳細は見ることができないがな。少々使い勝手が悪いくせに体力を使うから、あまり自慢できるものではない」

「それでも、私と主人の能力を覗くことができている。言ってしまうと、私たちにはその能力自体を阻害することはできないわ。誰にでもできることではない。誇っていいわよ」

ゼロは一瞬だけ強斎を見る。

強斎はすまし顔でキャルビスの説明を聞き流していた。

「まさか……主人、特殊能力の存在を知っていたの？」

頷く強斎に、今度はゼロが困惑顔を見せる。

（主人は『特殊能力』の存在自体は知っていたのね……。でも、自分の『特殊能力』には気が付いていないみたい……）

強斎に自身の能力を教えるのは、やはり躊躇われる。

強斎には『特殊能力』が備わっている。

それはとても強力で、一歩間違えれば強斎の性格をも変えてしまうだろう。

その能力を、ゼロは知っている。

だが、教えるつもりはなかった。

「主人は『特殊能力』についてどのぐらい知ってるの？」

「……ステータス外に表示されるってことぐらいかな」

「『特殊能力』……ステータス欄に載っていない潜在能力みたいなものよ。私たち精霊が自然に魔力の流れを見ることができるのも、その『特殊能力』の一種ね」

「って、お前精霊なのか⁉」

キャルビスがゼロを指差して叫ぶ。

「あんたは黙ってなさい。で、その『特殊能力』の定義なんだけど……簡単に言うと『全てにおいて優先される』という感じね」

キャルビスの叫びを軽く流し、説明を続ける。

「この女のように、『特殊能力』が相手の強さを測る系統ならば、どれだけ強力なスキルや装備品を使っても、その効果を阻害することはできないわ。自分の強さを隠す系統の『特殊能力』でもない限りね。」

「なるほど……。で、その『特殊能力』はどうやったら発覚する？」

（やっぱ、その質問来るわよね……でも、ごめんね）

「残念ながら、それは私にもわからない。自分で気が付くか、他人に気付いてもらうか。そのどちらかになるけど……普通は誰も気が付かずに一生を終えるのが普通ね。精霊の『特殊能力』を除いて、開花するのは神レベルか、それに準ずる超上位種族。後はほんのひと握りの天運の持ち主……

同世代に一人いれば珍しいほうね」

「つまり、キャルビスは凄いやつなのか？」

「ええ、相当」

強斎がキャルビスを見ると、キャルビスは胸を張ってドヤ顔をキメていた。

「まぁ、私も……そして、主人も『特殊能力』を持っているわ」

「マジか⁉」

キャルビスのドヤ顔にいらだちを覚えたので、ゼロは話を続けた。

「でも、まだ主人には教えない。主人が自分で気が付いたら……答え合わせをしてあげるね」

「……いいだろう、俺自身のことだ。直ぐに見つけてやろうじゃないか」

こうして、強斎にひとつの目標ができた。

「ところで……ゼロとか言ったか？　お前は何者なのだ？」

キャルビスは先程の発言を気にしていた。

「そうね……私の正体を聞いたら、あなたはきっと震え上がるでしょうね。主人に」

「ははっ、今更何を聞いても驚かないさ……」

ゼロは小さく笑って、キャルビスには何も教えずに歩みを進めるのであった。

そんなこんなで大魔王の部屋にたどり着いた強斎は、ニヤニヤと笑っていた。

高さ数十メートルの巨大な扉。これだけで厨二心をくすぐられた。

そして、小さく鼻を鳴らし横にいるキャルビスを一瞥する。

それだけでキャルビスは、強斎が何をするつもりなのか察してしまった。

「お、おい！　何をするつも――――」

「会談の時間だコラァ‼」

ただの蹴り一発で高さ数十メートルの扉を粉々に粉砕した強斎は、何事もなかったかのように部屋に入って行く。

ゼロもノリノリでついていった。

（やりやがった……！　なぜあいつがここまで高揚しているのかわからんが、ここまでするとは……）

強斎のテンションが高い理由、それはとても簡単なものだ。

「いやー、一度やってみたかったんだよなー『特〇の拓』のとある1ページの再現をな！」

勿論、ゼロとキャルビスにはわかるはずもなく……。

「貴様は本当に会談しにここに来たのか？」

「いや、何となくそう言っただけだが？」

「この馬鹿野郎……！　お前の何となくで私の仕事を増やすんじゃない‼　この扉の請求書が私に届くんだぞ‼」

キャルビスと強斎が言い争う間にもうもうと立ち込めていた煙が晴れ、ようやく広間を見渡せるようになる。

中はかなり広く、軽くコロシアムが開ける程度はあった。

その霞むほどの奥、嫌でも目に入るほどの存在感を持った人影が玉座に座していた。

その人物を見た瞬間、強斎は口元が歪むのを隠しきれなかった。

ルシファー

LV150000

HP　11554830/11554830
MP　9347712/9347712
STR　923512
DEX　992031
VIT　1060128
INT　1010056
AGI　898725
MND　1256609
LUK　100

スキル

剣術 LV70
体術 LV70
調教 LV88
状態異常耐性 LV60
空間把握 LV43
火属性 LV53
水属性 LV55
土属性 LV54
風属性 LV55
闇属性 LV78
HP 自動回復速度上昇 LV62
MP 自動回復速度上昇 LV67
限界突破
隠蔽 LV35
魔王の威圧波動 LV50

属性

火・水・土・風・闇
魔族の王（？？？）

（ルシファー……！　こいつもいるのか!!）

強斎はつかつかと大広間を歩む。ゲームでよくある大ボスの名前の登場に、興奮を隠し切れない。

しかし、これだけ広いのに、この広間にはルシファーしかいないようだ。

（しかし、ルシファーは本来、階級的には熾天使（してんし）のはず……なのに、なぜ下位のヴァルキリーよりステータスが低い？）

その疑問は、ルシファーに近づくに連れて解消された。

果てしないな大広間をしばらく歩き、玉座までの距離が半分を切った頃。

「む……？　客人か」

「……なるほど、そういうことか」

ルシファーは今気が付いたと言わんばかりの声で、話しかける。

そう、強斎があれほどの大きな破壊音を出したのにもかかわらず、座って寝ていたのだ。

「扉が破壊されているが……お前がやったのか？」

「まぁな。それより……何で俺を呼んだ？」

ルシファーはまだまだ遠くにいる。

特に大声を出しているわけでもないが、ルシファーの声はしっかりと聞こえてくる。こちらの声もちゃんと聞こえているようだ。おそらく、何らかの魔術を使っているのだろう。

「そうだな……簡略化すると――――私の跡を継がないか？」

その言葉はキャルビスにも聞こえており、キャルビスが目を見開いて驚いていた。

ゼロは壁にもたれかかって、気配を消している。

強斎はというと……その言葉に特に驚いている様子はなかった。

逆に、納得しているようだ。

なぜなら――――。

「……寿命か」

「流石にわかるか」

そう、この魔王……ルシファーは見てわかるように老けていた。

これなら、ステータスが下がっていることにも、強斎が入ってきたことに気が付かないのも納得できる。

「少しばかり聴力が落ちてしまってな……今は魔術で聴力を強化しているが、それもいつまでもつかわからんよ」

強斎はようやくルシファーの顔が見えるところまで近づくと、そこで足を止めた。

「それで？　何で俺にそんな話を振った？」

「それは私も聞きたいな」

いつの間にか強斎の隣に、キャルビスが並び立っていた。

「……お前は、キャルビスか？」

「ああ、大魔王様に御呼ばれしたからな。ちゃんと来てやったぞ。それよりも……こいつがあんたの跡を継ぐってどういうことだ？　言っておくが、こいつは――」

「人間。そうだろう？」

キャルビスは首を振る。

「いや、こいつは人間なんかじゃねぇ。ただ、魔族でもない」

「いい加減俺を人間だと認めろよ……」

キャルビスは強斎を強く睨むと、直ぐにルシファーに視線を戻す。

「魔王にならせるのは一向に構わない。現に私の城もコイツに乗っ取られ、今はコイツが魔王だ……だが、大魔王の跡を継がせるとなると話は変わってくる」

「……」

きっと睨みつけるキャルビスに、ルシファーは何も言わない。

「大魔王様よ。あんたもわかっているんだろ？　本当に強い者にとって最大の敵……それは『寿命』だってことに。この男は確かに強い。魔界を統制するにはうって付けの強さだ。だがな、こいつは私たち魔族より確実に早く死ぬ。『寿命』によってな」

「ようやく俺を人間だと認めてくれたか……」

「認めるかよアホ。ただ、お前の外見の成長と年齢を見る限り、種族としては人間に非常に似ている。よって、寿命も人間と同じだと思っていいだろう」

「成長って……お前と会ってそこまで経ってないはずだが？」

「髪の伸びる速度や、自然に剥がれた皮膚を見ればある程度予測はできる」

「こええよ⁉　お前そんなことやってたのか⁉　てか、それでわかるお前こそ化物じゃねぇか‼」

「これもお前の実態を知るためだ。それに、私は人間の生態に関してもも学んでいたからな、これぐらいは当然だ」

「怖いわ……天才型魔王怖いわ……」

「だからよく聞け、大魔王様。魔族でもないこいつに跡を継がせるのは――」

「キャルビス、ちょっといいか？」

強斎に言い止められ、少しだけ頬を膨らませる。

「なんだ、折角説得できそうなところだったのに――」

「いや、この魔王……魔族じゃねぇぞ？」

「……は？」

あんぐりと口を開けるキャルビスをよそに、ルシファーは黙って強斎の言葉を聞いて、頷いている。

「まさか、『超解析』持ちか？」

「流石だな、堕天使……いや、元熾天使ルシファーさんよ」

「⁉」

我に返ったキャルビスが後ずさる。

「天使……だと⁉」

「いやー、驚いたぜ。まさかここであんたに出会えるなんてな……」

ルシファーはのろのろとした動作で玉座から立ち上がる。

「その口調だと……私を元から知っていたようだな？」

「いや、知らないぜ？　この世界でのお前はな」

「……まぁいい。そういうことだ、キャルビス。この魔界の頂点は魔族でなくてもいい」

脱力したように床に座り込んだキャルビスは何も言わない。そんな様子を強斎は一瞥して、ゆっくりと口を開き、ルシファーに問うた。

「……もう一度聞くぞ。なぜ俺なんだ？」

「先日、大きな魔力を感じ取った。闇系統、光系統、土系統……少なくとも、この三種の神級魔術は扱えるだろう？　それだけでも十分に後継者に値する」

「そうか」

「私もそろそろ天に還らねばならない。天使でなくなった私の寿命は限られている。だから——」

――」

「その案件、受けさせるわけにはいかないわ」

今まで黙っていたゼロが、ようやく喋った。

それと同時に、その声を聞いたルシファーの顔がみるみる青ざめていく。

一瞬で強斎たちの下に来たゼロは、明らかに様子のおかしいルシファーを無視してそのまま話を続ける。

「主人が望んだのならともかく、今後の魔界のために跡を継げ？　はっ、魔王……いえ、天使だっけ？　まぁ、どっちでもいいわ。それごときが主人の将来を縛ろうなんていい度胸なのね。つぶすわよ？」

「お、おい。ゼロ。そんな言い方は――」

「主人は黙ってて。何か、こいつが主人と対等に……いや、ちょっと上から話しているのを見ると……ムカつく」

強斎がため息を吐き、

「すまないな。ゼロの言う通り、俺は跡を継ぐつもりは――」

そこまで言って、強斎はようやくルシファーの顔が青くなっていることに気が付いた。

そして。

「魔神……様？」


そのルシファーの一言によって、場が凍りついた。

いや、凍りついたのはキャルビスだけなのだが。

「な、な、何で……あなた様が……ここに⁉」

ルシファーの目線は強斎ではなく、その隣にいる女性……ゼロに向けられていた。

「ゼロ、知り合いだったのか？」

「ううん、知らない」

「私です！　ルシファーです！」

「るしふぁー？　いえ、知らない子ですね」

「魔神様が封印される前の戦争で一緒に戦ったではないですか……！」

「そんな数百万年前のことなんて覚えているわけないでしょ。それより、よく主人にそんな言葉を言えたものね。消されたい？」

ゼロの機嫌はすこぶる悪い。

もしかしたら、ルシファーは本当にゼロの配下で、ゼロは記憶としては残っていないもの、当時の感覚が残っているため、自分より立場が下だった者が強斎にそういう言葉を使うのをよく思っていないのかもしれない。

ルシファーはいきなり大声を出したがために息切れをしていたが、反面、昔に戻ったようにどこか若返ったようにも見えた。

「ちょ、ちょっと待て‼　どういうことだ⁉」

ここで、ようやくキャルビスが我に返った。

「魔神様だと……⁉　この女が⁉　ありえない、ありえるはずがない‼　貴様、デタラメを言うな！」

キャルビスはゼロに掴みかかる。

ルシファーが動こうとするが、強斎がそれを止める。

「何をする」

「まぁ、見ていろ」

ゼロは掴みかかっているキャルビスを冷たく見下ろす。

「だからさっき言ったでしょ？　私の正体を知ったら主人に震え上がるって」

「震え上がる……？　ああ、そうだな！　あいつの化物っぷりといったら呆れるレベルだろうよ‼　だからって……だからって何で魔神様が人の下にいる‼　私の憧れは？　目標は？　今までの努力は⁉　私は魔神様にお遣(つか)えするためにこれまで――――」

「そんなの、知らないわよ」

ゼロはキャルビスを突き放す。

「私を崇拝(すうはい)？　ええ、ご勝手にするといいわ。だけど、その努力を踏みにじられたからといって私に当たらないでくれる？　私は主人と勝負して負けた。後少しで勝てそうだったとか、もう一戦すれば何とかなりそうとか、そう思えないほど圧倒的だった。だから私は主人の下についたの」

キャルビスは拳を強く握る。

そして……。

「なら……私と戦え！　そしたら認める‼」

ゼロに拳を突きつけた。

「あら、あなたは相手の『強さ』がわかるのでしょう？　なのに私と戦うと？」

キャルビスは迷いなく、力強く頷いた。

その動作に、ゼロの顔も真剣になる。

「……わかったわ。ルシファーと言ったわね。少しばかりこの辺りが汚くなるけど……許してもらえる？」

「仰(おお)せのままに」

「主人……」

「お前の好きにしろ」

「ありがとう」

強斎とルシファーは、二人から少しだけ離れる。

「キョウサイ……といったか?」

「ん?」

隣に立っているルシファーは、強斎のほうを見ずにそのまま話し続ける。

「もし、本当にお主が魔神様の主だったのなら……無礼を働いた。すまぬ」

「気にするな。俺にあるのは『力』だけだ。誇るほどでもないからな」

「……一つ聞きたい」

「言ってみろ」

「魔神様は……苦労していないか? 戦いばかりの世界に身を置いたりしていないか?」

「ちゃっかり二つ聞いてきたな……だが、問題ない。あいつ……今の名前は『ゼロ・ヴァニタス』と言うんだが、なるべくゼロの好きなように行動させるようにしている。今のところゼロと同じ力を持っている奴は――」

そこまで言って強斎は思い出す。

(そういえば、俺に決闘を挑ませるほどゼロを脅かしていた存在は何だったんだ……? 途中でレイアの名前が出てきたから後でレイアにでも聞いておくか)

「どうした?」

「いや、何でもない。ゼロに勝てるのは今のところ俺ぐらいだ。お前の大好きな魔神様は衰えてなんかいねぇよ」

「そうか……なら、未練はもうないな」

ルシファーのその一言を、強斎は聞こえなかったふりをした。

「さて、やめるなら今のうちだけど……」

「やめるわけないだろう。私は全力で戦わせてもらう」

強斎とルシファーから離れた広間の中心で、キャルビスとゼロは向かい合っていた。

「あなたはもう少し知的な人だと思ったけど……ただの脳筋だったのかしら?」

「何とでも言え」

キャルビスは拳に炎を纏わせ、一瞬で距離を詰める。

ゼロにはその動作のひとつひとつがしっかりと見えていたが、全く動かなかった。

そして――――。

「ふんっ!」

キャルビスの拳がゼロの頬に直撃し、その衝撃で空気が揺れた。

キャルビスの拳が当たった場所を中心に、炎の渦と爆発が巻き起こる。

だが、

「――――今の、攻撃のつもりだったの？　ルナの拳骨のほうが何百倍も痛いのだけど」

やはりというか、全く通用していない。

ゼロは防御体制を取ったわけでも、魔力を帯びて威力を緩和したわけでもない。

本当に、ただ直立していただけだ。

それだけで、キャルビスの拳ははじかれ、滑らかな肌には傷ひとつついていない。

「早く攻撃らしい攻撃をしてきなさい。そうしたら一度だけ動いてあげる」

「なめやがって……！」

キャルビスは攻撃を続ける。

一発一発の威力はキャルビスのほぼ本気の出力だ。

だが、ゼロは動かない。ひたすら攻撃を受け続けている。

「どうしたの？　さっき私が感じた威勢はただの勘違いだった？」

「くっ、そんなの……知るかよ！」


ゼロには拳による直接攻撃は通用しない。

一度距離を取ったキャルビスは、闇系統の魔術で棒状の物質を生成する。

それは次第に形を変えていき、色のない剣となった。

「土系統以外で武器を生成する……繊細な魔力操作が苦手な魔族には、まず不可能な技術。確かに、あなたは魔族としてはとても優秀ね」

キャルビスはゼロの賞賛に返事をせずに、躊躇いなく斬りつけた。

結界は……やはり変わらない。

「闇が虚無に勝てるとでも思った？　それも、そんな不完全の闇でね」

「――――っ!?」

キャルビスが握り締めていた闇魔術の剣は、ゼロに触れた瞬間、ふんわりとした球体となってしまった。

しかも、その球体はキャルビスの腹部に向かってはじき返され、直撃したキャルビスは数メートル吹っ飛ばされてしまった。

「ぐ、ううぅ……」

「今のは、あなたの攻撃をそのまま返しただけよ。自分が吹っ飛ばされる程の力を出したまま武器を維持するなんて、やらないほうがいいわよ？」

傍から見れば、ゼロはキャルビスで遊んでいるように見える。

だが、その眼差しはいたって真剣だった。

「早く来なさい。私はあなたに興味を持ったわ。死力を尽くして、早く私に攻撃を当ててちょうだい」

「クソがっ！」

跳ね起きたキャルビスは、攻撃をひたすら続けた。

だが、そのどれもがゼロに攻撃とみなされず、ゼロは直立姿勢から動くことすらしない。

強斎とルシファーは、二人の戦いを遠くから観戦していた。

「ゼロにしては珍しいな……遊んでるわけでもないのに、戦いを終わらせようとしない……」

「恐らく、魔神様は『アレ』の存在に気が付き始めている」

「『アレ』？」

強斎の呟きに答えるように漏らしたルシファーの言葉に、強斎は興味を持った。

ルシファーはしっかりと頷き、話を続ける。

「私たちにはステータスがある。だが、そのステータスに書かれない項目も、勿論ある」

「『特殊能力』のことか？」

「それもその一種だな。自分で持っていることに気が付かない能力……実は、もう二つ程あるのだ」

「ほう」

「一つ目、『存在進化』。その名の通り進化する。種族が変わるかもしれないし、変わらないかもしれない。ただ、ステータスが大幅に上がることは間違いない」

「もう一つは？」

「それは……『契約適性』。ただ契約するだけでなく、世界の上位の存在と契約する『神化契約』。それを成せる適性相手がいると覚醒する能力だ」

「つまり、キャルビスにはその『契約適性』があると？」

強斎がそう聞くと、ルシファーはゆっくりと首を横に振る。

「残念だが、魔族に『契約適性』を所持する個体はありえない。……だが、その逆ならありえる」

「……キャルビスが、契約の対象ってわけか」

ルシファーは頷く。

「魔神様にも可愛い所があるものだ。他人の契約対象が愛しの人だと、ああもムキになるとは」

「……？　どういうことだ？」

ルシファーは軽くため息を吐く。

「まだ気が付かぬのか？　キャルビスに対する『契約適性』を持っている人物……恐らく、お主だぞ？」

「………………………………は？」

強斎は固まってしまった。

自分に『契約適性』があったことにも驚きだが、その対象がキャルビスとなると、驚きを通り越して冗談かと錯覚してしまう。

「薄々感じてはいなかったか？　妙にウマが合うとか、出会って間もないのに何となく相手のことがわかったりとか……」

「……あったかも、しれない」

ルシファーは強斎の頭に手を置いて、馴れ馴れしく撫で始めた。

「ふははは、若いのぉ。魔神様も無意識的にそのことを感じ取っていたのだろう。あのお方のやきもちとは。いやはや、久しぶりにいいものを見れた」

「カリスマあるおっさんかと思ったが、ただの面倒見のいいジジイかよ、コイツ」

強斎はルシファーの手をどかし、腕を組む。

「だが、なぜゼロとキャルビスは戦った？」

「それは私にもわからない。そもそも、黙って見ていろと言ったのはお主だろうが」

「……」

強斎は何も返す言葉が思いつかなかった。

「はぁ……はぁ……」

「……もうおしまい？」

キャルビスは膝をついて、肩で息をしていた。

「……そう、さっきの威勢は私の勘違いだったみたい。もうあなたに興味を失ったわ。さっさと降伏しなさい」

ゼロは冷たい目でキャルビスを見下ろす。

動く気は全くないようだ。

「うるせぇ……私は、まだ……立てる……！」

「魔力も使い果たし、自分の攻撃の反動で自分自身がボロボロ。もう、まともな攻撃なんてできないでしょう？」

「うるさいって……言っているだろう！」

キャルビスは自分の手に振り絞った魔力を集める。

その弱々しい魔力を見た時は、ゼロは肩を落とした。

だが、その落胆を、ゼロは直ぐに訂正する羽目になる。

（あれは……光系統魔術⁉　何で⁉　何で持ってもいない魔術を扱えるの⁉）

この時、初めてゼロが警戒を見せた。

「私は、お前を魔神様と認めない……！」


キャルビスの手に帯びていた魔力が突然膨れ上がる。

ゼロは小さく笑って、直立姿勢を崩さないまま呟く。

「私だって、好きで魔神やってたわけじゃないのよ」

キャルビスは大きく振り被り、叫ぶ。

「『神の光(ウリエル)』‼」


空間を白く染め上げる光の極大レーザーが、ゼロへと真っ直ぐに向かう。

この技に、ゼロは見覚えがあった。

この技は――――自分の愛する人が、「名前がカッコイイから」とか、そんな理由で使っていた魔術。

あの人が使った完成形には程遠く、階級的には王級魔術にも満たないだろうが……これは確かに、『神の光(ウリエル)』だ。

その技が自分に当たる瞬間、ゼロはもう一度呟いた。

「主人の技を使えるなんて……やればできるじゃない」

「おつかれ」

「中々楽しかったわ」

迎えた強斎に、満面の笑みを浮かべるゼロ。

そのゼロは、キャルビスをお姫様だっこしていた。

「気絶しているのか？」

「ええ、魔力を使い果たしたのに加えて、無理に適正外の魔術を使ったからね」

「……なぜ使えたんだ？」

ゼロは少しだけ考える素振りをする。

「恐らく、この子の本当の『特殊能力』かもしれないわね。相手の『強さ』を把握するだけでなく……相手の『強さ』を自身の能力に反映させる……そんなところか」

「つまり、キャルビスは俺を反映させたと」

「そう考えるのが妥当ね。ま、たとえ主人を反映したとしても、自分が持つ以上の力は出せないっぽいから、そこまで怖くはないけど」

ゼロはキャルビスの顔を一瞥し、ルシファーに語りかける。

「ルシファー。私はあなたのことを知らない。だけど、一つ頼みがあるわ」

「何でしょうか」

「この子を育ててあげて。私たちと並び立てるくらいに……ね」

「……随分と評価しておられますな」

ゼロは小さく笑う。

「そうね、私らしくないかもしれない……けど」

キャルビスをルシファーに渡し、強斎の腕にしがみつく。

「この主人のそばに立つ存在になる可能性があるもの。それぐらいしてもらわないとね」

キャルビス

LV8000
HP　135408/135408
MP　86881/86881
STR　12003
DEX　9721
VIT　9982
INT　10011
AGI　9553
MND　8806
LUK　120

スキル

剣術 LV43
体術 LV50
調教 LV43
状態異常耐性 LV35
？属性 LV1
火属性 LV40
水属性 LV30
風属性 LV30
闇属性 LV48
HP 自動回復速度上昇 LV43
MP 自動回復速度上昇 LV37
限界突破
隠蔽 LV30
魔王の威圧波動 LV20

属性

火・水・風・闇
魔族の王（？？？）

ゼロ・ヴァニタス

LV35000000
HP　4.　32991E＋34/4.　32991E＋34
MP　7.　10526E＋36/7.　10526E＋36
STR　5.　46208E＋30
DEX　4.　94052E＋30
VIT　5.　57430E＋30
INT　2.　78821E＋32
AGI　5.　10284E＋30
MND　3.　72448E＋31
LUK　150

スキル

剣術LV85
棒術LV85
弓術LV85
料理LV36
調教LV99
隠蔽LV70
解析LV60
空間把握LV90
危機察知LV90
状態異常無効化
呪系統無効化
火属性LV95
水属性LV95
土属性LV95
風属性LV95
光属性LV95
闇属性LV95
虚無属性LV99
HP自動回復速度上昇LV97
MP自動回復速度上昇LV97
魔術攻撃力増加LV99
魔術防御力増加LV99
物理攻撃力増加LV99
物理防御力増加LV99
回復系統魔術Ⅸ
限界突破
超越者
覇者
超隠蔽
竜騎士
精霊の威圧波動Ⅳ
アイテムボックス

属性

火・水・土・風・光・闇・虚無（全属性（オールアトリビュート））
神の回復魔術（SP ユニーク）
虚無の精霊王（？？？）
世界を破壊する者（？？？）

86話　強斎の推測っぽい

気絶したキャルビスをルシファーに預け、ゼロはルシファーと少し話があるようで、先に帰るよう促された強斎は一人で魔王城から帰ってきた。

ミーシャとレイアの具合も良くなったようで、笑顔で出迎えを受けた。

「あ、キョウサイ様。おかえりなさいです」

「ご主人様！　おかえりなさい！」

「おう、ただいま」

二人共元気そうで良かったと思う反面、強斎には心にずっと残る不安があった。

「お前たちに言っておきたいことがある」

「「??」」

突然の言葉にきょとんとするレイアとミーシャを前に強斎は周りを確認し、ゼロがまだ戻っていないことを確かめると。

「俺は、ゼロの記憶を消した」

「「!?」」

何のためらいもなく、告白をする。

「理由としては、自分の身を犠牲にしてでも俺を強くしようとしたから……。俺は強さに固着していない。それはゼロにもわかっているはずだ。なのに、とてつもなく様子がおかしかった。二人共、知っていることがあったら教えてくれないか？」

ミーシャとレイアは顔を見合わせ、同時に頷いた。

「「実は――――」」

二人はシッカ王国で起きた出来事を話した。

レイアが先に草原の異変に気が付き、ゼロの空間破壊が全く効かなかったことも含め、なるべく細かく強斎に伝える。

「――――と、いうことなのです」

「……ゼロの本気が通用しない空間……か」

実は強斎には、身に覚えがあった。

（俺がこの世界に来たばかりの時、二度目の転移をしたところだよなぁ……ほぼ確実に）

あの謎のパソコンがあった空間は、所謂デバッグルームだろう。

そこに外部から入るのは……確かに無理がある。

(でも、なぜレイアはその存在に気が付けた?)

強斎の感覚では、そういうの(デバッグ)はバレないように隠すのが常識。

外の世界から来た強斎自身はともかくとして、この世界の住人であるレイアがなぜ気が付くことができたのか疑問だった。

それを問おうとしたが、それよりも先にレイアの口が開く。

「私も、何であの感覚に襲われたのか理解できないのです……すみません。ご主人様」

「いや、そう気を落とすな。とりあえずその場所にはあまり近寄らないほうがいい。ゼロにはさりげなくそう伝えておいてくれ」

「「はい」」

◆
◆
◆

「……ふぅ」

強斎は誰もいなくなった部屋で、一人天井を眺めていた。

キャルビスはしばらくルシファーの下で力をつけるようだが、住む場所は今まで通りこの城に暮らすようだ。

しかし、今は魔力を使い果たし動ける状態ではないので、キャルビス城に戻ってきていない。

（あの時、キャルビスはなぜ光系統の魔術を使えたんだ？　ゼロは『特殊能力』の本来の力と言っていたが、ルシファーの言っていた『契約』も気になる……二人共嘘を言っているようではなさそうだしなぁ……）

強斎は全属性の初級魔術を発動し、小さな球を無数に宙に浮かせる。

今の強斎にとって、この状態から一つ一つの球の属性を変換することは容易い。だが、これが普通だとは、もう思っていない。

この世界に来てから一年は経っているが、会った中でステータス上にない属性魔術を使えたものはいなかった。

目の前に浮かんでいた闇魔術の球を、光魔術に変換してみる。真っ黒い球体が、夜が明けるように白く霞んでいき、最後には真っ白な光の球になった。

（こんなふうに、闇系統の魔術から光系統に変換するのはゼロですら至難のはず。それをステータスで劣るキャルビスができたとなると、やはりステータスに表記されない『特殊能力』が濃厚か……）

契約する運命だから相手の魔術も使えます、なんてルシファーの説明より、ゼロの説のほうがやはり現実味がある。

そもそも、強斎のこのスキルのほとんどは、敵から奪ったものなのだから。

「……まぁ、考えても仕方ないか」

今の強斎には、キャルビスと契約する気など毛ほどもない。

「それに……そろそろ『あいつら』が来るだろうからな……」

目を瞑って思い浮かべるのは、自分がまだドレット王国にいた頃の思い出。

鈴が自分でも持てない剣を振り回していたり、勇志が楽しそうに魔術剣を使っていたり。

今となっては、どれも当たり前のようにできるが、あの時、強斎は少しだけ悔しかったのだ。

久しぶりに思い出した劣等感に、少し苦笑する。

「問題は山積みだ……だが、これだけは優先させなきゃな」

宙に舞っていた色とりどりの球が、全て同時に破裂する。

「勇志、大地、澪、鈴……そして、ヴェレス。俺の下までたどり着いてみせろ。そして、力を見せてくれ……！　俺はお前たちの力を見るのが楽しみでしょうがない‼」

強斎は自分が武者震いしていることに気が付いた。

そして、同時に思う。


――――この世界に来て良かった……と。

◆◆◆

魔界、強斎が『アヴァロン』で創った広間にて。

この、かつては『楽園』であり、今は強斎により荒野になっている場所にようやく名前がつけられた。

名前は簡潔に『アヴァロン』となっている。

そこに、三人の少女がいた。

「む……しぶといです」

ルナは手に持った銃で標的を撃つ。

だが、その銃弾は一発も当たらない。

「ルナちゃん、それ本気？」

「ま、まだまだです！」

挑発するような言葉に、ルナはアイテムボックスからもう一丁魔銃を取り出し、標的……ミーシャ目掛けて乱射する。

「ふふっ、そう来なくっちゃ」

「ミーシャさん、余裕ですね」

「そう？　結構限界よ？」

「そう言っておきながら、カスリもしてないじゃないですか！」

ルナが二丁の魔銃でミーシャを乱射し。

ミーシャがルナの銃弾をひたすら避ける。

傍から見たらとんでもない修羅場だが、二人にとってこれは遊びだ。

ついでに、レイアはその中で昼寝をしている。

「わー今のは危なかったなー」

「棒読みで危機感全くないですね！」

ミーシャは更に挑発するように手をひらひらと振った。

流石のルナも、これには頭にきたようだ。

「いいでしょう……怪我しても知りませんからね‼」

「そう来なくっ――――って、ルナちゃん⁉　それはヤバイって‼」

「問答無用です‼」

ルナは遠隔操作を使い、十四丁の銃を空中に浮かばせ、合計十六丁の魔銃をミーシャに向けた。

「私のＭＰが枯渇するまで打ち続けますからね！」

「えっ、ちょっ……！」

ミーシャが戸惑っていることなど関係なく、銃弾の雨がミーシャを襲った。

（流石にこれは……避けきれませんね）

ミーシャは仕方なく『空間移動』を使ってルナの背後に回る。

「『インヴァリデイション』」

そして、魔術無効化の魔術を使う。

この魔術を使えるのは、世界でたった三人……強斎、ゼロ、そしてミーシャだけだ。

「……流石にずるいです」

「ええ、今回は私の負けですよ。ルナちゃんも強くなりましたね」

ミーシャはアイテムボックスからりんごを取り出し、ルナに差し出す。

ルナは耳をぴょこぴょこ動かしながら受け取った。

「ありがとうございます！」

「ルナちゃんがこんなにもこの果実にハマるなんてね……ちょっと意外」

「へへっ、私も驚いてます」

ルナの喜んだ笑顔を見てほっこりするミーシャだが、思考はそうもいかなかった。

（キョウサイ様……また何かやらかしそうですね……）

ミーシャが、根拠のない寒気を感じ、ため息を吐く。

主人の心配よりも、主人の周りの心配をするミーシャであった。

ミーシャ

LV80
HP　12000626/12000626
MP　12000389/12000389
STR　900212
DEX　1000245
VIT　900151
INT　900148
AGI　1200269
MND　900143
LUK　20

スキル

体術 LV85
剣術 LV82
短剣 LV93
投擲 LV90
弓術 LV78
料理 LV26
威圧 LV89
隠蔽 LV67
解析 LV45
空間把握 LV61
危機察知 LV58
状態異常耐性 LV83
火属性 LV90
水属性 LV88
土属性 LV96
風属性 LV94
光属性 LV84
闇属性 LV90
HP 自動回復速度上昇 LV78
MP 自動回復速度上昇 LV78
超隠蔽
アイテムボックス

属性

火・水・土・風・光・闇
空間移動（ユニーク）

レイア・アンジェリーク

LV80
HP　15002109/15002109
MP　10000315/10000315
STR　1703670
DEX　900149
VIT　900210
INT　900102
AGI　1000714
MND　900200
LUK　30

スキル

攻撃力異上昇
剣術 LV90
大鎚術 LV95
体術 LV94
弓術 LV72
料理 LV17
威圧 LV90
隠蔽 LV69
解析 LV43
空間把握 LV62
危機察知 LV68
状態異常耐性 LV84
火属性 LV91
水属性 LV89
土属性 LV92
風属性 LV88
闇属性 LV88
光属性 LV84
HP 自動回復速度上昇 LV78
MP 自動回復速度上昇 LV73
限界突破
超隠蔽
アイテムボックス

属性

火・水・土・風・光・闇
攻撃型空間破壊（ユニーク）

87話 澪が帰ってきたっぽい

「いやー……何かここも久しぶりだなー……」

少女は軽やかな足取りで草原を歩く。

「強斎が私を庇って泥人形に飲み込まれて以来……あの泥人形の目撃情報どころか、世界中どこへ行ってもあの魔物を見かけないんだもの……。一時はこの草原がトラウマになりかけたわ」

次の瞬間、少女は神隠しのように消える。

「にしても、やっぱりドレット王国って広いなぁ。城下町だけでも東京の山手線内ぐらいはあるんじゃないの？　って、そう考えると毎日結構な距離歩いてるのね、私たち」
少女は空中に浮かんでいた。
だが、再びすぐに消える。

◆◆◆

「皆、怒ってるかな……半ば無断で消えちゃったわけだし……。しかも、三ヶ月ぐらい？　うーん、時間の感覚狂っちゃったなぁ」

少女は、ドレット城の中にいた。

誰も少女が入ってきたことには気が付かないし、少女がここにいるということすら知らない。

だが——。

「帰りが遅いじゃない——澪」

どこからか自分の名が呼ばれた少女は、きょろきょろとその声の主を探す。

声の主……鈴はすぐ近くにいた。

「ふふっ、ただいま。鈴。よく私がここにいるってわかったね」

「この国一番の魔術師をなめないでちょうだい？　あなたの魔力だって直ぐにわかったわよ」

「きゃー、ストーカー」

「あなただけには言われたくなかったわ……」

少女————澪は帰ってきた。

新たなる力を手にして。

「しっかし、こんな夜中に帰ってこなくてもいいじゃない……たまたま私が起きてたからよかったものの……」

「いやー、皆が起きたらさも当然のように一緒に朝食を～っていうのをやってみたかったんだ」

「あっそ。で？　修行はどうだったの？」

澪は鈴の横にいるが、澪と一緒に城を出て行ったはずのヴァルキリーは全く姿を現さない。もしかすると姿を隠しているだけで聞いているのかもしれないが、鈴はそんなこと全く気にしないので、ずかずかと話を聞こうとする。

「うーん、修行といっても、ほぼ座学だったかな……。後は世界の監視のバイトをしてる感じ？　戦ったりもしたけど、稀にだよ稀」

「じー……」

鈴は疑っていた。

この数ヶ月、いなくなっていたが、修行としてはそこまで長い期間ではない。

なのに、澪曰く、やっていたことが、地球で言うと学校へ行って体育の授業を受けてバイトする。

といった感じで、ごく普通なのだ。

だが、以前の澪とは別人といっていいほど、風格が違う。

こっそりとステータスを覗こうとするが……。


――――バチッ！


「っ⁉」

「？　どうしたの？」

脳内に直接電流が流れたような、そんな感覚が一瞬だけ鈴を襲った。

ステータスを、見ることができない。

（『超解析』がはじかれた……？）

何となく、このことは言わないほうがいいと思った鈴は誤魔化しを入れる。

「夜中だから少しだけ眠いだけよ。澪は眠くないの？」

「めっちゃ眠い」

「……そう、なら朝に備えて寝なさい。あなたが帰ってきたということは……もう、始まるんだから」

その言葉に、澪の目つきが変わる。

「……行くんだね、魔界に」

鈴はしっかりと頷く。

「ええ。だから、今のうちにしっかりと休んでなさい」

「はーい」

澪はどこにも眠気さを感じられない足取りで闇の中に消える。

鈴は少しだけ震えていた。

初めて、感じたのだ。

友人に対して『恐怖』という感情を。

◆◆◆

「……はぁ」

真夜中、というには既に遅い時間。もうすぐ日の出を迎えるような朝。

鈴は、まだ起きていた。

（あんなものを目の当たりにして、寝れるわけないじゃない……）

脳裏に焼き付いているのは澪の姿だ。

鈴は考えていた。

なぜ、澪が怖いのか？

『超解析』が通用しないから？　音もなく監視をすり抜けて現れたから？

どれも、違う。鈴はその程度では友人に対して『恐怖』を抱くことなどない。

「……ファイ。起きてる？」

『……ええ』

やはり、ファイは起きていた。

姿は見えないが、鈴にはわかる。困惑しているのだ。

『リン……あれって、本当にミオなの？　魔力とか、性格は変わってないのに……何だか、怖いわ』

「そうね……雰囲気だけでファイを圧倒するんだもんね。相当よ」

二人の間に沈黙が流れる。

しばらくすると、鈴が再度口を開いた。

「ファイ、ちょっとだけ私から離れてくれない？　十分でいいから」

『？　いいけど……何かあったら対応が遅れるわよ？』

「問題ないわ」

数秒後、ファイの気配が消えるのがわかった。

鈴は一度だけ大きく息を吸い、深く吐いた。

そして、

「いるんでしょ？　ヴァルキリー」

「ふむ、前々から思っていたが……お前は勘が鋭いな」

すぐ真後ろから声がかかり、少しだけ動揺する。

が、それを極力隠し、ゆっくりと振り向いて対峙する。

「あなた、澪に何をしたの？」

「その前にこちらが問おう、あの女は何者だ？　本当に人間なのか？」

「……？　どういうこと？」

この問いは、鈴にとって予想外だった。

澪の雰囲気が劇的に変わっているのは、十中八九このヴァルキリーのせいだと思っていたのだが、
ヴァルキリーの声は、少し震えていた。

「私としても、あの変わりようは予想外だ。私が施(ほどこ)したのは『秘めたる力を容易に解放する』ことを可能にしただけ。要は、リミッターを外す手伝いをしただけだ。天使として、自分の力を存分に

発揮しないといけないからな……だが、何だあれは。本当に人間が持つ『秘めたる力』なのか？」

そこまで聞いて、鈴は全てを把握した。

鈴は知っているのだ。澪の『秘めたる力』を。

「……何だ、そういうことなのね」

澪は『強斎』のことになると、とんでもない能力を発揮する。

地球にいた頃、バレンタインデーのチョコを強斎に渡すために全校生徒を巻き込み、学校を壊滅させかけることもあったぐらいだ。

つまり。

「ヤンデレが強斎だけでなく、無差別に向けられるようになったってわけね……。力を発揮させるためにあの雰囲気を出すとか……やめてほしいわ」

「?? やんでれ？　とは何だ？」

「ヤンヤンデレデレ」

「は？」

鈴の全身から力が抜けるのがわかる。

「というか、強斎は澪がおかしくなるたびにあの『恐怖』をぶつけられていたわけなのね……勇者だわ……。あー、心配して損した。寝よ寝よ」

「お、おい！　私の質問に答えろ！」

「うるさいわね、もうすぐ朝なのよ？　私は眠いの」

「ぐぬぬぬ……私は天使族なのだぞ⁉」

「あっそ、おやすみー」

その後、ヴァルキリーは何度も鈴に声をかけ、揺り動かしたが、鈴は全く起きる気配を見せなかった。

数分後に一度ファイが帰ってきたが、ベッドのそばに座り込むヴァルキリーの八つ当たりが怖く、再び部屋に帰ってくるのは夜明けになったという。

88話　澪の天使化っぽい

澪が、帰ってきた。

朝、広間に集まった勇者たちは、喜びを抑えきれず、澪に抱きついた。

勇志も、喜ぶと同時に、「遂（つい）に来たか」という感情が込み上がるのを感じていた。

ミーシャとレイアに会ったあの日に見た夢は、今までと違って鮮明に覚えている。

何をしようにも脳裏に焼き付いていて、この数ヶ月、忘れようがなかった。

『あの半天使が帰ってきたら、直ぐに魔界へ向かうのじゃ。そこではお主の望む結果は待っておらぬが……時間がない。妾（わらわ）から、あやつに伝える手段はそれしかないのじゃ』

この言葉はしっかりと覚えている。

そして、その日から襲われている倦怠（けんたい）感は、未だに全く消える気配がない。

「おかえり、澪。立派な半天使（ハーフエンジェル）になれたかい？」

「……あれ？　私、鈴にも半天使になるなんて言ってないのに……何で知ってるの？」

「え？　だって……ステータスに書いてあるじゃないか」

その言葉に、澪と鈴が目を見開く。

そして、澪が唇を震わせながら、

「嘘……？　私のステータス……覗けるの!?」

「え？　そうだけど……」

澪は信じられないといった顔で鈴を見る。

「鈴は……？　私のステータス……」

「……覗けないわ。覗こうとするとはじかれるみたいに頭が痛くなる」

「俺もだ……どうなっている？」

「私もです……」

澪は呼吸を整え、勇志を据える。

「確かに、『今の』私は半天使よ。人間の時と姿形は変わってないけど、全然違うの」

「――そこから先は私が説明しよう。この事象はあまりにも異常だからな」

また、どこからかヴァルキリーが現れる。

ヴァルキリーは鈴を一瞬だけ睨んでから、再度口を開いた。

「ミオは、種族『半天使』と『人間』を自由に行き来できるようになった。『人間』

の時は今までと変わらんよ。数ヶ月分の空白があるため、若干お前たちより弱いかもしれんが……代わりに、『半天使』という種族になったのだ。『半天使』の澪はステータスが大幅に上昇し、私と合体して完全な『天使化』することができる。そして――――『半天使』のミオは、私より格下のスキルを、完全に無効化することができる。そこの勇者、この意味がわかるか？」

勇志を睨むヴァルキリーの目つきが変わる。

勇志の横にいるヴェレスは口を挟むことができない。やはり『天使』の存在感はあまりにも大きすぎる。そこにいて、ただ睨まれているだけなのに萎縮（いしゅく）してしまうのだ。

「僕が、ヴァルキリーにとって格下じゃないってこと？」

ヴァルキリーはゆっくり頷く。

「そういうことだ、格下の定義は曖昧だが、確実に言えること、それは……お前は、人間をやめている。そこの精霊ですら私より格下なのだぞ？」

勇志には心当たりがあった。

それはひどく曖昧なものだが、ほぼ確証に近いもの。

「もしかしたら、僕の中にいる『誰か』のせいかもしれない」

「何？」

勇志はしっかりとヴァルキリーの目を見つめ、告げる。

「実は、僕と大地も……『神化契約』ができるようなんだ。ただ、どうすれば契約できるのかがわからない」

「……なるほどな。なら――――」

ヴァルキリーは澪を一瞥する。

澪はそれだけで何をするのかわかったようだ。

「この際だから、今から私の『天使化』を見せるね。『天使化』した私なら、みんなの『神化契約』の相手を読み取れるはず」

一歩前に出た澪はそう言ってから、ヴァルキリーにそっと触れた。

その瞬間、辺りは光に包まれ、全員の視界を奪った。

そして――――。

「皆、もう目を開けていいよ」

澪の声、だが、あまりにも遠い。

物理的には近いが、存在が自分たちより遥か遠くにいる。そう感じさせるような声だった。

目を開けると、そこには当たり前だが澪がいる。

しかし、ヴァルキリーが見当たらない。

その代わりに澪には純白の翼があり、服装もヴァルキリーを思わせる美しい鎧(よろい)に変わっている。

おとぎ話に出てきそうな、『天使』がそこにいた。

「綺麗……」

初めに口を開いたのはヴェレスだった。

全員、その言葉に異を唱えることはなく、頷くばかりだ。

「見とれてくれるのはありがたいんだけど……ごめん、会話をしている余裕があんまりないんだ。早めに終わらせるよ」

澪は初めに大地に近づく。そして、大地の腕に触れて目を瞑ると――


「……ぶはっ！」


突然吹き出した。

その様子から察するに、笑いを堪えきれずに吹いてしまったようだ。

「お、おい……どうしたんだ？」

「ぷぷっ……いや、ごめん……ちょっと笑えてきて……ぶふっ」

先程までの神々しい雰囲気はどこにもなく、腹を抱えて笑う澪に、一同は唖然とするばかり。

しばらくすると澪が涙を拭い息を整え、話し始めた。

「ふぅ……ごめんね、突然笑っちゃって」

「別にいいが……何をしたかったんだ？」

「いや、大地の『神化契約』の対象を探ったんだけどね……」

澪は少しだけ言いにくそうだったが、苦笑い気味に言葉を続けた。

「居眠りしてたら槍が刺さって、そのまま死んじゃった黒竜王みたい」


『……』


堪える。

大地以外、全員笑うのを堪えていた。

しかし……。

「ギャハハハハハ‼　居眠りしてたら槍に刺さるとか……！　どんくせぇ‼」

鈴は遠慮なく笑ってしまった。

大地は放心状態になっていて、目が死んでいる。

「えっと、時間ないから無理矢理にでもその黒竜王を起こすね？　えい！」

澪がこの空気を誤魔化すために、強引に話を進めた。

放心状態の大地の心臓部から、黒色の光を帯びた球体が出てくる。

『我の眠りを妨げるのは――――』

「ごめん！　黒竜王さん！　時間ないからそういうのいいわ！」

澪は声のする黒い球体を素手で掴み、大地の顔に押し当てた。

「んぐ⁉」

押し当てられた大地はそこでようやく我に返り、目を見開く。

と、同時に数メートル吹っ飛んだ。

だが、大地の体が地につく前に変化は訪れる。


――ズドォォォォン！


大地は体勢を整え、足から着地した。その衝撃で、城全体が激しく揺れる。

そう、着地しただけで地響きを鳴らしたのだ。


「……これが、『神化契約』なのか？」

大地は自分の体を見渡す。

漆黒（しっこく）の、竜の鱗（うろこ）のような鎧。完全な重戦士となっていた。

「そうだね、それが大地の『神化契約』後の姿。黒竜王さんとのコミュニケーションは後でやっといて」

「……雑だな」

「雑な上に呆気ない『神化契約』ね！」

鈴は未だに笑っている。


次に、澪は勇志と対峙する。


「……」

澪の顔は険しい。

その雰囲気に飲まれ、鈴はようやく大人しくなった。

そして――――。

「ヴァルキリー、これ、どういうことだと思う？」

『私にもわからんな……ただ、放ってはおけないことは確かだ』

すると、一瞬光に包まれた後、元の澪の姿に戻り、ヴァルキリーもそこにいた。

澪は目を瞑り、大きめに息を吐く。

「勇志の『神化契約』の相手だけど……ごめん、わからなかった」

「……？」

勇志は首を傾げる。

「……説明がまだだったね。私はヴァルキリーと『天使化』することによって、その人の中にいる

『力』を引っ張り出すことができるの。それを使って、大地みたいに無理矢理『神化契約』させることができるんだけど……勇志はできないの。勇志の中に何かあるのは確かなんだけど……」

「……理由は明白だ」

澪の説明に付け足すようにヴァルキリーが話し始める。

「勇者、お前の中にいる存在……それは化物だ。私なんか比にならんレベルのな……」

「比にならない……？」

ヴァルキリーは自称気味に語る。

「ああ、私が何百人いようが、ほぼ一瞬で炭にするレベルの化物がお前の中にいる」

勇志は右手を軽く握ったり開いたりしてみる。

倦怠感はあるもの、そんな化物が自分の中にいるとは到底思えない。

「……ついでにだが、その化物。何か言ってなかったか？」

ヴァルキリーの顔は緊張していた。

それほど、勇志の中にいる何かに慎重なのだろう。

「『半天使が帰ってきたら、直ぐに魔界に行け』そんなことを言ってた」

「……なら、向かうべきだろうな。その化物には極力従ったほうがいい。世界が破壊されかねん」

沈黙が辺りを覆う。

「……そういえば、澪は何であんなに慌ててたの？」

鈴が思い出したかのように澪に問いた。

大地の『神化契約』の過程は、あまりにも酷かったのだから、相当な理由があるのだろう。

澪も頬をかきながらポツポツと話し始める。

「えっとね、実はまだ『天使化』を完全に制御できないの……。長い間『天使化』していると意識が飛んじゃって、暴走する可能性があるんだ……。一応、意識が飛んだらヴァルキリーの意識に変わるようになってるんだけど、万が一ヴァルキリーもその暴走に取り込まれたら大変なことになっちゃうからね」

「怖っ⁉」

こうして、大地の『神化契約』も終わり、残すは勇志のみとなった。

ユウシ・スズキ

LV134
HP　22400/22400（80000）
MP　21200/21200（72000）
STR　1709（6000）
DEX　1677（6500）
VIT　1721（7000）
INT　1605（6000）
AGI　1813（8000）
MND　1900（8000）
LUK　100

スキル

言葉理解
超解析
聖騎士Ⅱ
作法 LV15
剣術 LV39
威圧 LV31
状態異常耐性 LV29
火属性 LV33
水属性 LV31
土属性 LV30
風属性 LV29
光属性 LV49
闇属性 LV28
HP 自動回復速度上昇 LV30
MP 自動回復速度上昇 LV31
限界突破

属性

火・水・土・風・光・闇
神の誓約（？？？）

ダイチ・タカミ

LV130
HP　18100/18100
MP　10990/10990
STR　1913
DEX　1221
VIT　1735
INT　1119
AGI　1120
MND　1131
LUK　100

スキル

言葉理解
超解析
作法 LV12
盾 LV30
大盾 LV31
大槌 LV33
剣術 LV25
刀 LV19
威圧 LV26
状態異常耐性 LV23
気配察知 LV24
火属性 LV22
土属性 LV24
光属性 LV21
HP 自動回復速度上昇 LV29

属性

火・土・光

ダイチ・タカミ（竜化）

LV130
HP　132000/132000
MP　100000/100000
STR　13000
DEX　12000
VIT　12500
INT　10000
AGI　10000
MND　10000
LUK　100

スキル

言葉理解
超解析
作法 LV12
盾 LV30
大盾 LV31
大槌 LV33
剣術 LV25
刀 LV19
状態異常耐性 LV23
気配察知 LV24
火属性 LV22
土属性 LV24
光属性 LV21
HP 自動回復速度上昇 LV29
竜の威圧波動

属性

火・土・光
竜の鱗（ユニーク）

リン・ハネダ

配下数 1
LV120
HP　10140/10140
MP　18660/18660
STR　931
DEX　1851
VIT　1178
INT　1800
AGI　1111
MND　1995
LUK　100

スキル

言葉理解
超解析
作法 LV16
体術 LV28
威圧 LV29
状態異常耐性 LV23
火属性 LV45
水属性 LV36
光属性 LV36
闇属性 LV33
MP 自動回復速度上昇 LV29
魔術攻撃力上昇 LV30

属性

火・水・光・闇

リン・ハネダ（精霊化）

配下数 1
LV120
HP　88999/88999
MP　132887/132887
STR　7687
DEX　9530
VIT　7209
INT　10054
AGI　8172
MND　12002
LUK　100

スキル

言葉理解
超解析
作法 LV16
体術 LV28
威圧 LV29
状態異常耐性 LV23
火属性 LV45
水属性 LV36
光属性 LV36
闇属性 LV33
MP 自動回復速度上昇 LV29
魔術攻撃力上昇 LV30

属性

火・水・光・闇

ミオ・トウヤ

LV105
HP　14200/14200
MP　10910/10910
STR　1001
DEX　1121
VIT　1050
INT　2096
AGI　1172
MND　1684
LUK　100

スキル

言葉理解
超解析
体術 LV19
回復特化
付属魔術
威圧 LV31
料理 LV40
作法 LV23
僧侶 Lv31
状態異常耐性 LV24
HP 自動回復速度上昇 LV20
MP 自動回復速度上昇 LV35

属性

回復特化（ユニーク）
付属魔術（ユニーク）

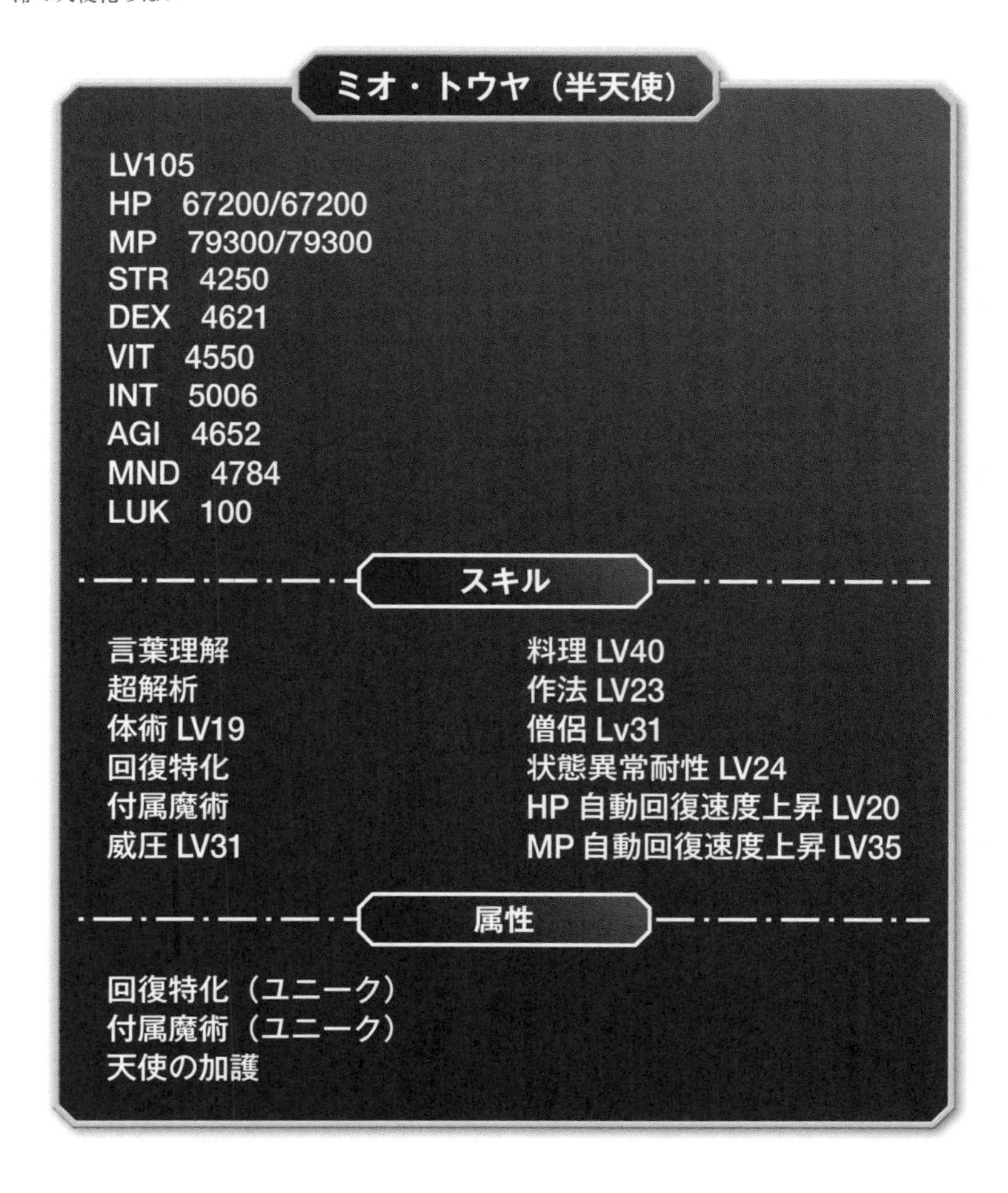
ミオ・トウヤ（半天使）
LV105
HP　67200/67200
MP　79300/79300
STR　4250
DEX　4621
VIT　4550
INT　5006
AGI　4652
MND　4784
LUK　100
スキル
言葉理解
超解析
体術 LV19
回復特化
付属魔術
威圧 LV31
料理 LV40
作法 LV23
僧侶 Lv31
状態異常耐性 LV24
HP 自動回復速度上昇 LV20
MP 自動回復速度上昇 LV35
属性
回復特化（ユニーク）
付属魔術（ユニーク）
天使の加護

ミオ・トウヤ（天使化）

LV105
HP　19000000/19000000
MP　15000000/15000000
STR　1250000
DEX　1200000
VIT　1300000
INT　1400000
AGI　1500000
MND　1400000
LUK　200

スキル

超解析
剣術 LV88
投擲 LV79
体術 LV88
盾 LV87
調教 LV90
回復特化
付属魔術
状態異常耐性 LV75
空間把握 LV78
火属性 LV80
水属性 LV80
土属性 LV80
風属性 LV80
光属性 LV90
闇属性 LV65
HP 自動回復速度上昇 LV80
MP 自動回復速度上昇 LV80
限界突破
超越者
聖騎士
竜殺し
天使の威圧波動 LV60

属性

火・水・土・風・光・闇
神々の加護（ユニーク）
最強の天使（？？？）
天使の加護（ユニーク）

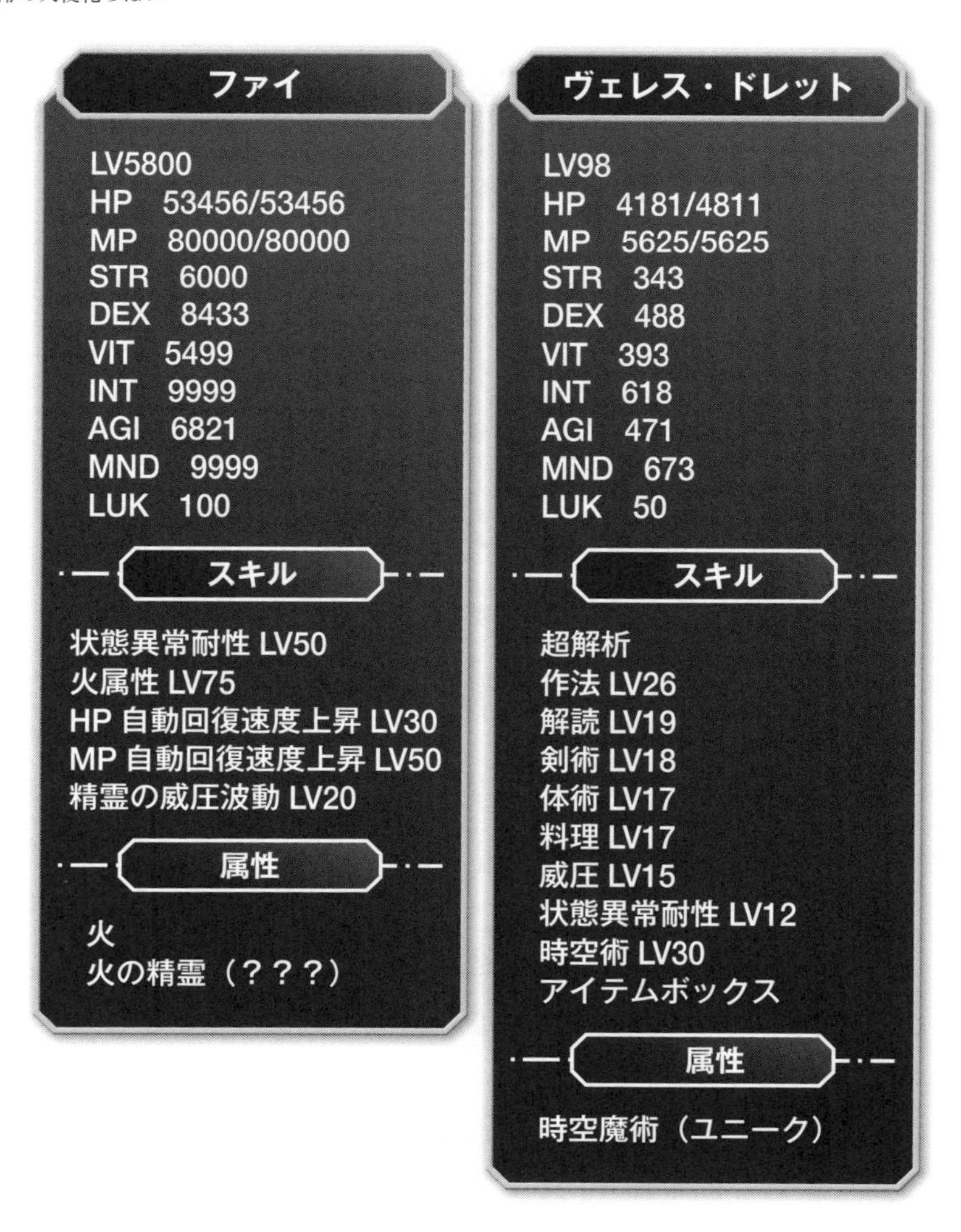
ファイ
LV5800
HP　53456/53456
MP　80000/80000
STR　6000
DEX　8433
VIT　5499
INT　9999
AGI　6821
MND　9999
LUK　100
スキル
状態異常耐性 LV50
火属性 LV75
HP 自動回復速度上昇 LV30
MP 自動回復速度上昇 LV50
精霊の威圧波動 LV20
属性
火
火の精霊（？？？）
ヴェレス・ドレット
LV98
HP　4181/4811
MP　5625/5625
STR　343
DEX　488
VIT　393
INT　618
AGI　471
MND　673
LUK　50
スキル
超解析
作法 LV26
解読 LV19
剣術 LV18
体術 LV17
料理 LV17
威圧 LV15
状態異常耐性 LV12
時空術 LV30
アイテムボックス
属性
時空魔術（ユニーク）

ミオ・トウヤ（天使化）

LV180000
HP　18745390/18745390
MP　10820160/10820160
STR　1120761
DEX　1016223
VIT　1086032
INT　1008892
AGI　1100161
MND　1034962
LUK　180

スキル

剣術 LV80
投擲 LV75
体術 LV80
盾 LV80
調教 LV90
状態異常耐性 LV75
空間把握 LV70
火属性 LV73
水属性 LV75
土属性 LV74
風属性 LV75
光属性 LV88
闇属性 LV65
HP 自動回復速度上昇 LV72
MP 自動回復速度上昇 LV67
限界突破
超越者
聖騎士
竜殺し
天使の威圧波動 LV60

属性

火・水・土・風・光・闇
神々の加護（ユニーク）
最強の天使（？？？）

89話 魔界へ旅立つっぽい

「本当に、今日行くんだな？」

「ええ、今までお世話になりました。ベルクさん」

勇志たちは今日、魔界へ旅立つ。

当初は、ベルクをはじめとしてライズ王国の勇者である緋凪たちもついていく予定だったが、勇志の判断で勇志、大地、鈴、澪、ヴェレスの五人で乗り込むことになった。

「私たちも強くなったつもりだったんだけどなー……やっぱ、足手まといになるよね」

「ごめん、緋凪」

「ううん、澪ちゃんは悪くないよ。私たち全員が『神化契約』もできない落ちこぼれってだけだから」

「……ごめん」

本気で落ち込む澪に対し、緋凪はにっこり笑って。

「ははは、冗談よ、冗談。私だって澪ちゃんたちと同じ日本人。いつか絶対に追いついてみせるんだから」

緋凪は澪の肩を強めに叩いて、活を入れる。

そして、澪だけに聞こえる声で。

「絶対、強斎を連れて帰ってきて……。決着、つけなきゃいけないから」

「……わかった」

何の、とは聞かない。

緋凪が強斎のことが好きだってことは知っている、だからこそ、自分も負けるわけにはいかない。


「むー……未だに納得できないわ。何で大地より私のほうが弱いのよ」

『流石に竜王と比べないでちょうだい……』

頬を膨らませながら、大地を睨む鈴。ファイの硬い声が聞こえてくる。

『ふん、死んだとは言え竜王には変わりない。その辺の精霊と比べられては困る』

『でも、ほぼ僅差じゃない』

『それは我が契約主が未熟だからだろうな。このぐらいなら我単体のほうがまだ強い』

黒竜王には実体がない。

だが、こうして話すことはできるようで、同じようにすらすらと話すファイとよく喋っている。

「あんな雑な契約の仕方をしたくせに……」

『そこの小娘、五月蠅いぞ』

勿論、鈴の言葉も聞こえるし、伝えることもできるのだ。

「確かに、竜王が言う通り、その竜王自身はかなりの手馴れだったぞ」

唐突にヴァルキリーが大地と鈴の間に入ってきた。

黒竜王はヴァルキリーには未だに慣れないらしい。

『天使ヴァルキリーと言ったな……？　お前のその奇妙な能力はなんだ？　いくらステータスが高いといってもその神出鬼没さは異常だ』

「ん？　ああ、これは私の『特殊能力』だ。私たちの職業柄、特定の場所に別の空間を作ってその空間で監視を続けるのだ。本来は専用の道具を用いるのだが、私は『特殊能力』を使うことで、道具を使わずとも私自身で行うことができる。まぁ、『特殊能力』発動中は幾らかステータスが低下するがな」

ヴァルキリーは肩をすくめ、腕を組む。

「そんなことよりも……だ。竜王、お前は確かに槍に突かれて死んだ。だが、その槍はなんだ？　お前の防御力は圧倒的だったはず。それこそ、私の攻撃ですら耐えるほどの……だから知りたい。お前を貫いた槍は何だった？　投げた輩は誰だったのだ？」

『……わからぬ』

「は？　いや、そんなことはないだろう。眠っていたとは言え、戦闘時には起きたはずだ。まさか……即死だったとは言うまい」

『その通りだ。我は即死だった。槍に貫かれたというのも目覚めた時に初めて知ったぐらいだ』

「……そうか」

ヴァルキリーはそう言い残すと、踵を返し一瞬で消えた。

「……大地」

「ん？」

「今更なんだけど、ヴァルキリーってＳＣＰ―１７３みたいね。瞬きしたら消えてるんだもん」

「なぜそれを知っているのか些(いささ)か疑問だが、瞬きしなくても動くからもっと厄介かもな。まぁ、敵意を持っていない限り気にしなくていいだろう」

「ミオ、少しいいか」

「あ、ヴァルキリー。大丈夫だけど……どうしたの？」

澪が一人になったタイミングでヴァルキリーが話しかける。

「……今から私たちは魔界に行く。それは間違いないのだな？」

「え、うん。そうだけど……」

「なら、一つだけ気にかけてほしいことがある」

「?」

「……槍を持った手馴れには一段と注意してほしい。それだけだ」

「え、わかった……でも、ヴァルキリーがそこまで言うなんて……」

「私は魔王と戦うことを考えるだけで精一杯なのだ……それと、お前たちがどの魔王と戦うのか知らんが、ハズレだけは引くなよ」

「ハズレ……?」

澪は首を傾げる。

「魔界で戦ってはいけない人物が二人いる。元天使だった魔王……そして、新しく魔王になった男……この二人にだけは絶対に手を出すな。お前たちじゃ絶対に歯が立たない」

「む……そこまで言う?」

「ああ。いざとなったらお前の人格を乗っ取ってでも対処するつもりだからな」

「……今から行く魔王城は『キャルビス』って名前が付いてるところだよ」

「そうか、なら――」

(……ん? キャルビス……? あの娘の城だと……?)

「お、おい、そこは……」

「あ、ごめん、そろそろ行くって」

「……わかった」

（大丈夫だ……魔王城のネームはあの城を除いて、全てその王城の主の名前になるはずだ……。「キョウサイ城」という名前になっていないのなら、きっと、奴らはキャルビス城を捨て、別の王城に移ったのだろう）

ヴァルキリーは不安を感じていた。

竜王の死因、新魔王の存在。

そして、勇者たちの目的。

「なぜだ……全く関係ないはずなのに……なぜか、全て手のひらの上で踊らされているようだ……」

◆◆◆

「魔界の入口……何か、久しぶりだね」

ヴェレスの時空魔術によって、魔界への転移門に移動した勇者一行は懐かしさに浸っていた。

「ここで初めてルナさんに会って……そして、そのルナさんと今から戦おうとしている」

勇志はそう言いながら澪を見る。

「澪、正直に言ってくれ。ルナさんに勝てそうか？」

澪は考える。

ヴァルキリーは今この場にいないが、どこかで見守っているのだろう。

「勝てる……と思う。ルナさんの本気がどれぐらいなのかわからないけど、天使のお仕事は世界そのものに影響をもたらす者を封じること。ルナさんがヴァルキリーより強かったら、天使たちがルナさんの行動を封じててもおかしくないから」

「わかった。だが、言ってしまうと、恐らくルナさんに対抗できるのは澪とヴァルキリーだけだと思ってる。だから……それまで温存しておいてくれるかい？」

「うん、わかった」

勇志の言葉に澪が頷くと、鈴が勇志の腕を突っついた。

「私たち、信用されてないわね」

「はは……ごめん、でも、大地も鈴も僕より強いことは確かなんだ、頼りにしてるよ」

「それで、お前は何をするつもりだ？」

大地が勇志を据えながら質問する。

「そうだね……僕は全力でヴェレスを守るよ」

「えっ」

唐突に名前を挙げられたヴェレスは驚きの声を漏らす。

「理由はいっぱいあるけど……やっぱ、好きな女の子の前じゃカッコいいところ見せたいからね」

「勇志らしくないな」

「そう？」

「……だが、それでいい。後で嫌ってほど強斎に弄られるだろうけどな」

「ははは……それはちょっと勘弁かな」

勇志は深く息を吐き、気合を入れ直す。

「――――さぁ、行こうか。魔界に」

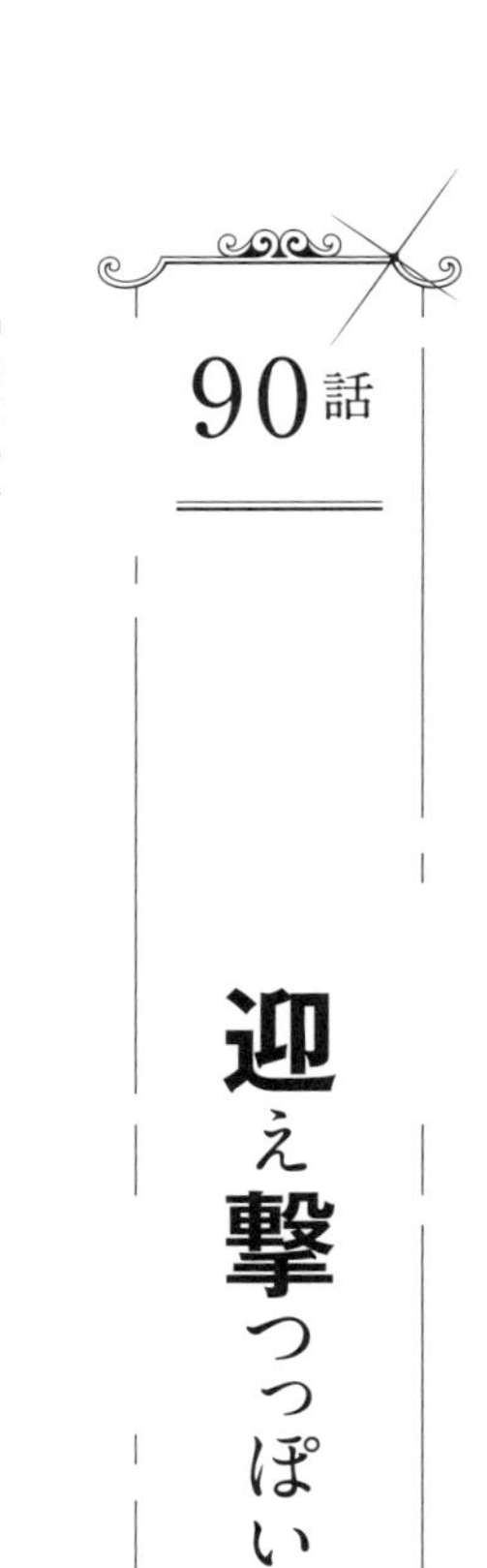

「来たか」

強斎はゆっくりと玉座から立ち上がる。

それと同時に、キャルビスが強斎のいる王室に入ってきた。

「おい、化物。城下町の住人の避難が完了したが……」

「ああ、お疲れ」

「……本当に、近々来るのか？　人間界の勇者が」

そう疑問をぶつけるキャルビスに、強斎は不敵に笑う。

「ああ、来るさ……いや、もう来たといってもいいだろう」

「なんだと？」

「あいつらは今さっき魔界に足を踏み入れた。ここまでたどり着くのも時間の問題だろう」

強斎はゆっくりとキャルビスに近づいていく。

「な、何だ……？」

後ずさりするキャルビスに、強斎はにっこりと笑う。

「この三ヶ月間、お前、あのおっさん魔王のとこで修行したんだろ？　その成果を見せてもらおうか」

強斎が指を鳴らす……すると。


「はぁい。主人、呼んだかしら？」


先程キャルビスが入ってきた扉から、一瞬でゼロが現れた。

「あ、魔王じゃない。ってことは――――」

「いやだぁぁぁぁぁぁぁぁ!!　私は絶対にお前とは戦わんぞぉぉぉぉぉぉぉ!!」

ゼロが何かを言う前にキャルビスは去ってしまった。

「私も嫌われたものね」

「おっさん魔王……ルシファーに何を吹き込まれたんだろうな……っと、ゼロ」

「ん？」

「すまんが、ミーシャとレイアを連れてどこか散歩でもしてきてくれ」

「あら、唐突なのね」

強斎は苦笑い気味に話を続ける。

「実は、今から昔の友人と会うんだが……お前たちじゃ過剰戦力だから、あまり面白味がないんだ」

「会うって……ああ、人間の勇者ね。というか、過剰戦力ってことならルナだけでも十分だと思うけど……連れて行かなくていいの？」

「いや、あいつらならルナぐらいは倒してくるだろう……何せ『神化契約』があるんだからな」

『神化契約』……その単語に、ゼロの顔は驚愕で染まっていた。

「『神化契約』は限りなく0に近い確率で成功する代物よ？　よくもまぁそんな自信が出てくるわね」

「俺の友人だからな。それなら、ルナを倒すことができるだろ？」

「……そうね、神獣……もしくは天使レベルの『神化契約』を果たしているなら、ルナぐらいなら倒せるでしょう」

「ルナには悪いが、そういうことだ。魔界以外のどこかへお出かけしてくれ」

「はいはい、わかったわよ……」

ゼロはため息を吐きながら部屋を出て行く。

後にミーシャとレイアの叫び声が聞こえてきたが、あの二人はゼロに抱えられることにトラウマでも持っているのだろうか。

「……さて、ルナ。さっきの話は聞いていたな？」

「うっ、やっぱり見つかってましたか……？」

「そりゃな」

扉からひょこっとうさ耳が飛び出し、次には全身が見えるようになった。

「ゼロと一緒に来てただろ？」

「はい……」

「……乗り気じゃないのか？」

ルナは目を逸らし、少し考え込む。

そして、はっきりと答えた。

「……わかりました、私、やります」

「……無理しなくていいぞ？」

「……戦うのは、ユウシさんたちですよね？」

「ああ、その通りだ。一度会ったことあるだろう？」

「一度ではないのですが……ええ、お会いして一戦交えました」

「え？」

ルナは静かに部屋に入ってくる。

「というか、一緒に狩りをしたこともありますね。正直に言って……私の相手ではなく、主様がお目にかける理由もわかりませんでした。ですが、本当は強いんですね？　あの人たち」

「……そうだな、少なくともルナよりは強くなっているだろう」

ルナは強斎の前で立ち止まり、小さな笑みを浮かべる。

「なら、安心です。私の勘違いで済みますから！」

「？　どういうことだ？」

「主様には内緒です。私は全力で戦って……潔く負けてきますね」

「だからって死ぬなよ？」

「流石に命を燃やしてまで戦いませんよ。それに……シッカ王国のギルマスともちゃんと戦えるでしょうから」

「ベルクとか……？」

「はい」

強斎は眉をひそめる。

強斎はルナにベルクの話をしたことはないはず……だが、ルナは知っていた。

「私は、あの人を倒して過去と決別しなければなりません。あの人が何も悪いことをしていなくても……たとえ、恩人だとしても……私は、ベルク・ローダンという男と戦いますから」

ルナの目には決意が宿っていた。

強斎はそんなルナを見て、ふと口にする。

「……ルナ、まだ『戒（ギアス）』のことを引っ張っているのか？」

「……わかっちゃいましたか」

ルナは軽く頬をかいて、ポツポツと話し始める。

「シッカ王国のギルマス……ベルクさんは、昔、『戒』の製作に関わった一人だと言われています。まぁ、百年以上前のことなのでベルクさん以外の製作関係者は皆死んでいるようですがね」

「……だから、ベルクに報復を？」

「最初はそのつもりでしたが……ベルクさんは、製作したことを悔い、私のようにステータスが低いのに『戒』を埋め込まれた奴隷を多く救った、とも言われています。たまたま私がその対象外だっただけですが……なので、私はベルクさんにちゃんと報告したいのですよ。『あなたに勝てるほど強くなりましたよ』って」

強斎は考え込む。

正直、ここまで重い話だとは思っていなかった。

ルナが自ら実力を示したいとなると、相当なことだろう……だが。

（ベルク、多分来ていないんだよな……。というか、なぜドレット王国の勇者の話からシッカ王国のベルクの話が出てきたんだ……？）

強斎は知らないのだ。一度ルナとベルクが出会っていることに。

「……わかった、ルナ。お前の好きにしてこい」

「‼　ありがとうございます！」

（まぁ、何とかなるだろう）

こうして、ルナは戦闘準備に入るのだった。

「ぜぇぜぇ……誰が……好き好んで……魔神様と戦うか……！」

キャルビスは『アヴァロン』へ逃げ込み、走り疲れたのか座ってしまった。

「……そういえば、ここってこんなに綺麗だったか？　魔神様とあの化物が戦ってだいぶ荒れたと思っていたが……まさか、この土地自体が自己再生能力を……持っているわけないか。流石に神級魔術とはいえ、それはぶっ飛びすぎているからな……ないよな？」

キャルビスは楽観していた。

そう、『アヴァロン』は本当に自己再生能力を持っている。

しかも、再生能力だけでなく学習能力もあるため、発動主の思うがままに変形することも可能なのだ。

「……うわ、本当に再生能力を持っていやがる……てか、地形操作もあるのか……ふむ」

……強斎たちがそれに気が付く日が来るのかはわからないが。

91話

眷属VS勇者っぽい

「ここが……魔界」

「ふふ、勇志、緊張してる？」

澪が勇志の顔色を見てクスクスと笑う。

「そりゃ、緊張するよ……そういえば、澪はいつも人間形態だけど……常に半天使形態になってるわけではないんだね」

「むー……私をそんなに人間から遠ざけたいの？」

「そういうわけじゃないんだけど……」

困った顔を見ても笑う澪。

「冗談よ、冗談。確かに、完全な天使化にはデメリットがあるけど、半天使状態ならデメリットはほぼないといってもいい……だけど、割と疲れるのよ、アレ」

「そうなの？」

「うん、例えるならスー◯ーサ◯ヤ人みたいな？」

「……わかるような、わからないような……まぁ、澪がその形態でいたいならそうするべきだよね」

「うんうん……あ、見えてきたよ」

しばらく進むと、微かにだが、遠くに街が見えてきた。

奥のほうには大きな城も建っている。

「アレが、キャルビス城であってるかな？」

「間違いない」

勇志の呟きに、いつもながら突然現れたヴァルキリーが答える
「元々、ここは私の監視対象区域だったからな……アレがキャルビス城だ」

「……そうか、本当に……来ちゃったんだね」

勇志は深呼吸をして、キリっと目つきを変える。

「急ごう、僕の中の何かが急かしてくる」

「……それは、急がなければな」

急く勇者たちの足取りにヴァルキリーの顔色が悪くなったのに、誰も気が付くことはなかった。

『……』


一同は、唖然としている。

目の前に広がる光景に驚いていないのは、ヴァルキリーぐらいだった。

「え、ここって……本当に魔界？」

鈴が驚きに耐え切れずに呟く。

それもそうだろう……目の前に広がっているのは――澄んだ空気に花が咲き乱れる楽園なのだから。

「驚くのも無理はないな……私も、何かの冗談かと思っていたよ」

「っ⁉　しかも、これ……魔術で創られた土じゃない⁉」

ヴァルキリーの説明を遮って、鈴が足元の土を調べ始めた。

ヴァルキリーは特に嫌な顔もせず、話を続ける。

「気をつけろよ、下手したらここの魔王は……この楽園を創った本人の可能性があるのだからな」

『⁉』

勇者たちに、戦慄が走る。

鈴は乾いた笑みしか出せなくなっていた。

「うそ……でしょ？　こんな頭おかしい魔術を使う奴と今から戦うわけ……？」

「リン、取り乱すな。それは最悪の場合に過ぎない」

「――残念だが、お前の思っている最悪は当たっているぞ？」


楽園、『アヴァロン』の中から、女性の声が聞こえた。

一同はその声のほうへ一斉に目を向ける。

そして、出てきたのは――。


「はぁ、本当に来やがったよ……ようこそ、キャルビス城へ。私の名前はキャルビスだ」

「キャルビス……!?　いきなり魔王登場!?」

鈴が一歩引いて戦闘態勢に入るが、キャルビスは静かに首を振った。

「残念だが、今の私は魔王なんかじゃない。ただ……現魔王に戦えって言われただけだからな」

「現魔王……まさか!?」

「ああ、私を倒し、この楽園を作った化物だよ」

キャルビスの発言に、ヴァルキリーは勢い良く振り向き、叫んだ。

「ここから撤退しなさい!!　こいつはあなたたちが手に負える魔王なんかじゃ――」

「逃がすかよ」

キャルビスが指をはじくと、地形が一気に変わり、勇者たちの入ってきた出入り口が閉ざされてしまっていた。

「すまないな、私だってあの女と戦うことは嫌なんだ。大人しく私を倒して先に行ってくれるか？」

「……どういうことだ」

「そのままの意味だ。お前、天使族なんだろ？　なら、私が敵う未来などないさ……ただ、戦わずして通すってのも癪だから、戦いはするけどな」

キャルビスは気だるそうにしているが、全く戦う気がないというわけでもなさそうだ。

「……勇志、お前たちは先に行っていろ。ここは俺と鈴が相手する」

大地と鈴は『神化契約』を発動する。

「この人のステータスを見たところ……私と大地が『神化契約』すればほぼ確実に勝てるわ。だから、先に行ってちょうだい……ヴァルキリーの言っていることが本当だったら、多分私たちは足手まといになるだろうからね」

自傷気味に笑う鈴の言葉に、ゆっくりとヴァルキリーが答える。

「……わかった。死ぬんじゃないぞ」

「ヴァルキリー！」

「勇者よ、ここはこいつらに任せて先に行くのがいいだろう……今のお前はユウシとしてではなく、勇者としてここに来ているんだ。そこを忘れるな」

「……」

「ユウシさん……」

「勇志……」

ヴェレスと澪の眼差しが勇志の決断を促進させる。

「……わかった、行こう」

その言葉を聞いて、大地と鈴は大きく頷いた。

「絶対に来るんだよ?」

「あたりまえだ」

「当然でしょう?」

勇志も大きく頷いて、どうやってキャルビスを抜けようかと考えたところ……。

「先に行くのか?　なら勝手に通れ。私はこの二人の人間の相手で忙しいんでな」

案外普通に通してくれた。

「……さて、キャルビスって言ったわよね。さっさと倒れて私たちも通してくれるとありがたいんだけど……」

「それはないな。私も久しぶりに実力が拮抗(きっこう)している者と戦えるのだ……楽しませてもらうよ」

「はぁ……はぁ……くっ！」

「大丈夫ですか？　ユウシさん……」

城内に入り、上へ向かって走っていた一行だが、遂に勇志が膝をついてしまった。

「ごめん……直ぐに収まると思うから……」

「休みましょう、勇志。魔物も魔族も全然見ないし、ちょっと休んでも大丈――」

「あら、いらっしゃったのですね」

澪が顔を上げる。

そこには――。


「ルナ……さん」

「……人数が少ないですね。前にお会いした時はもっといましたよね？」

ルナが首を傾げた。

「大地と鈴なら下で戦ってるわ……他の皆は人間界に残ってもらってる」

「なるほど……つまり、ベルクさんもいないわけですね？」

「そうなるわ」

ルナが少し残念そうな顔をした隙に、澪は半天使になる。

そして、ルナには聞こえないよう、小声で、

「ヴェレス、今のうちに勇志を連れて先に行って。魔王の所に着く前に追いついてみせるから」

「で、ですが！」

「いいから！　ここにいたほうが絶対に危ない。せめて、戦闘の影響を受けないところまで移動して」

「……わかりました」

ヴェレスは勇志の肩を支えながら移動する。

ルナはその二人を一瞥し、澪を据えた。

「……ミオさん、まさか、あなた一人で私と戦うつもりですか？」

「一人？　ルナさんは何か勘違いしているようね」

澪に光が降り注ぎ、一瞬でルナの視界を奪った。

次にルナが目を開ける頃には……澪は変わっていた。


「……なるほど、これが主様が言っていた『神化契約』ですか」

「へぇ、知っているのね。なら話は早いわ。お願いだからそこをどいて」

「嫌です」

ルナは銃を取り出し、澪に向ける。

「私に対しての攻撃は、ヴァルキリーより格下の場合通用しないよ？」

「天使様と戦えるなんて……光栄ですね」


――バァン！


「!?」

澪から余裕の表情が消えた。

自分の頬に傷を付けた何か、そしてそこから血が流れていることに気が付いたからだ。

「どうやら、私は格下じゃないようですね」

「……ホント、ルナさんって何者？」

「邪魔者です♪」


――バン！バン！バン！バン！


ルナは続けて発砲する。

澪はそれらを全てよけ、一瞬でルナの目前に迫った。

「時間ないから……直ぐに終わらせる！」

「そこまで甘くないですよ？」

澪が攻撃を仕掛けようとしたその瞬間、頭上から何かが降ってくる気配がした。

「っ！」

澪はそれを間一髪で避け、ちらりとその正体を見た瞬間に体が固まった。

「槍……！」

『早速か……気をつけろよ。黒竜王を殺したのはあの兎なのかもしれないからな』

「ルナさんは排除対象じゃなかったの……？」

『あの男の近くにいたからな。あの男が目立ちすぎて特に注視していなかった』

「もう……！」

ルナの槍捌き（さば）はかなりのもので、一瞬の隙も見せなかった。

「中々やりますね……では！」

ルナは槍を投げ、澪が避けている最中にどこからか剣を取り出した。

「これならどうです！」

「剣ならいつも勇志のを散々――――」

『ミオ！　後ろだ！』

ヴァルキリーの忠告を聞いたその瞬間に、反射で澪は屈んだ。

そして、一瞬後、澪の髪をかするように槍が後ろから飛んできた。

ルナはその槍をキャッチし、目を見開いていた。

「驚きました……アレを避けるとは……流石に遊んではいけないようですね」

「何よ……今の……？　投げた武器が、戻ってきた……？」

『いや、あれは戻ってきたというより、戻してきた。だな』

「どういうこと？」

『あの女……武器を遠隔操作できるぞ』

「はぁ⁉　何それ⁉　チートじゃない‼」

「……先程から何をブツブツ言ってるのですか？　ミオさん。それに、以前とは口調が少し変わったようですね」

「……ルナさんも、武器の遠隔操作なんて頭おかしい技術持ってるなんて……世界征服でもするつもり？」

「主様がそうするというならそのつもりですが……今は、ミオさんを倒させてもらいますね」

すると、澪をぐるりと囲むように数百にも及ぶ武器が出現した。

ルナが天高く腕を上げる。

「……まさか、ねぇ」

「ふふ、そのまさかですよ」

澪は翼を広げると魔力を纏わせ、身体全体を守るように自分を覆った。

次の瞬間……宙に浮かぶ武器全てが一斉に澪に向かって襲い掛かった。

（やばい……流石にやばいわ、これ。しかも、受けている感じだと一発一発があまりにも重いし、さっき見た武器の量より遥かに多い。ドンドン補充されているのかしら……？）

『おい……ミオ。そろそろ決着をつけろ。お前の実力じゃそろそろ限界だ』

「わかって……！　る、わよ……！」

（何で攻撃の嵐が止まないのよ……！　どこの英雄王よ‼）

澪の意識は、ドンドン遠のいてゆく。

その瞬間、ようやく武器の雨が止んだ。

「終った……？」

意識が朦朧とし始める澪が顔を覗かせた世界は……絶望だった。

先程のように武器が浮いている……だが、その武器が問題だった。

「主様特製の魔銃……約四百丁。ミオさん、あなたにこれが耐えられますかね？」

「は、はは……ごめん、無理」

遂に澪が気を失った。

だが、ルナは銃口を向けたままだ。

「……ミオさんの中にいた天使は、あなたでしたか」

「ああ、賞賛しよう、兎族の少女よ。お前はこの私、ヴァルキリーに目をつけられた」

姿形は澪のままだが……明らかに雰囲気と口調が別人だ。

「早く撃つが良い、私はその銃弾、全て凌いで見せよう」

「……なめられたものですね。天使様だからといって、手加減はしませんよ？」

ルナは一斉に魔銃を発砲した。

四百丁もの魔銃から放たれる魔弾の雨が、全てヴァルキリーに向けて降り注ぐ。

あまりの衝撃に、一瞬で地面は抉れ砂煙が舞い上がる。そのせいで、ルナはヴァルキリーの姿を捉えることができないが、関係ないとばかりに弾はヴァルキリーを狙い続ける。

しかし。

「……これは、流石に分が悪いですね……今のうちに逃げますか」

煙が晴れる前に、ルナはそう言って姿を消した。

煙が晴れた時……そこには無傷のヴァルキリーが立っていたのだ。

「……逃げたか」

ヴァルキリーは辺りを確認するが、ルナの影も形も見当たらない。

「ルナ……と言ったか。あのような眷属が後三人いるとなると……流石にキツイな」

ヴァルキリーは無傷だ。……しかし、膨大な魔力を消費してしまった。

「ミオは……まだ目覚めないな。仕方ない、このまま行くか」

「ぐ、あぁぁぁぁ！」

「ユウシさん！　しっかりしてください！」

ヴェレスは泣きそうになりながらも勇志を必死に介護する。

魔王城に入る前は少し顔色が悪い程度だったが、今では頭を抱え、まともに歩くことすらままならない。

そう、それも……この扉の前に来てからなのだ。

（恐らく、この先に魔王が……でも、私じゃ勝てるはずありませんし……）

勇志は倒れる直前、扉を開けようとしていた。

ヴェレスはそれを止めたが、その時の勇志の目を見て、止めたのは間違いではないと胸を張って言える。

（あの時、ユウシさんに自我はなかった……まるで、何かに操られるように動いていた……ユウシさん、あなたの中で今何が起こっているのですか……？　私に……ヴェレスに、できることはありませんか？）

ヴェレスは、本気で泣きたくなる。

何もできない自分に、嫌気が差してきた。

「ユウシ！　ヴェレス！　無事だったか⁉」

と、その時、遠くから澪の声が聞こえる。

「み、ミオさん……？」

「む？　ああ、姿形はミオのままだが……中身は私だ、ヴァルキリーだ」

「いやーミオの声でこの口調はビビるよね――って、勇志⁉　どうしたの⁉」

その後ろから鈴、大地もやってきて、勇志の状態を見て顔を険しくする。

「これ、やばいんじゃない……？　こんな状態で魔王に挑むなんて……」

「とりあえず回復魔術をかける。離れていろ」

ヴァルキリーが勇志に回復魔術をかけた。

次第に顔色が良くなり、ヴェレスが「大丈夫ですか？」と声をかける。

「……大丈夫、少し良くなった」


――ガチャ。


勇志の調子が良くなるのを見計らったかのように、目の前の扉の鍵が開く音が聞こえた。

そして、扉がひとりでに、ゆっくりと開く。

勇志は剣を構え、先頭に立っている。多少ふらつきはあるが、表情には戦闘意欲が満ちている。

そして、扉が中を見通せる程まで開いた時、一同は固まってしまった。
鈴と大地は武器を取り落とし、ヴェレスに至ってはあんぐりと、瞬きすらしていない。
一番驚いているのは勇志だろう。文字通り息が止まっている。
ヴァルキリーは勇者たちの異常にいち早く気が付き、注意する。
「おい、早く武器を取れ。先制を仕掛けるぞ」
誰も返事をしない。
ヴァルキリーは一層不審に思う。
だが、それが至極当然の反応。
勇者一行は、見てしまったのだ。
魔王を、
魔王が座る玉座に、誰が座っているのかを、

『ソレ』は勇者たちが求めた存在。
『ソレ』は勇者たちが戦いを決意した存在。
『ソレ』は…………この場で、最も出会ってはいけない存在。

「――久しぶりだな」

『ソレ』の名は――小鳥遊強斎である。

キョウサイ・タカナシ

配下数 99999 ＋
LV568
HP　3.38147E+173/3.38147E+173(error)
MP　1.40089E+174/1.40089E+174(error)
STR3.86454E+172(error)
DEX　4.34760E+172(error)
VIT　3.38147E+172(error)
INT　4.34760E+172(error)
AGI　3.86454E+172(error)
MND　2.85009E+173(error)
LUK　500
※眷属に分配したステータスを表示しきれません。

スキル

言葉理解
武術の頂点
超解析Ⅸ
調教LV99
空間把握LV99
危機察知LV99
料理LV99
潜水LV99
吸血LV50
創生
生活魔術
灼熱の息
極寒の息
落雷操作
天変地異の発動
無双
魔物召喚
意思疎通
死霊指揮
全属性の原点
HP回復速度上昇LV99
MP回復速度上昇LV99
アイテムボックス
超隠蔽Ⅴ
状態異常無効化
呪系統無効化
全てを超越した威圧
限界突破
超越者
覇者

聖騎士	スキル強奪
竜騎士	レベルアップ時ステータス倍
万能騎士	眷属ステータス分配
竜殺し	眷属スキル分配Ⅱ
神殺し	必要経験値1/100

属性

火・水・土・風・闇・光・虚無（全属性（オールアトリビュート））
想像魔術（SP ユニーク）
武術を極めた者（SP ユニーク）
原初の魔術師（SP ユニーク）
竜の王（ユニーク）
召喚魔術（ユニーク）
死霊魔術（ユニーク）
創生魔術（ユニーク）
亜空間移動（ユニーク）
竜の上に立つ存在（？？？）
世界を破壊する者（？？？）
神を超えた者（？？？）
神を殺した者（？？？）
神々の敵（？？？）
最強の宿命（？？？）

92話 再会っぽい

鈴は、この状況に感謝した。

澪が眠っていて、良かった……と。

◆◆◆

「久しぶりだな、お前ら――」

「キョウサイ・タカナシ！　覚悟ぉぉぉぉぉぉ!!」

感動の雰囲気を盛り上げようとした強斎に、澪――ヴァルキリーは突然斬りかかった。

だが、ヴァルキリーの剣は指一本で受け止められる。

「……お前、澪じゃないな？」

「ぐ、ぬぬぬ！」

強斎は剣を軽くはじく……それだけでヴァルキリーは吹っ飛んだ。

しかし、空中で体勢を整え、綺麗に着地する。

「流石……といったところか」

「……で、お前は誰なんだ？」

「私の名前はヴァルキリー！　ああ、これは私の体ではない。少し借りているだけだ」

「借りている……？　澪をか？」

「む？　なぜお前がその名前を――――」

「答えろ、ヴァルキリー。その体は澪に返すんだろうな？」


――ゾクッ。


ヴァルキリーは、生まれて初めての感覚に恐怖を覚える。

「あ、ああ。勿論そのつもりだ。私の『神化契約』者なのだからな」

「そうか」

すっと先程の感覚がなくなり、首を傾げるヴァルキリー。

そして、次の瞬間……。

「じゃあ、そこで寝ていろ。お前に用はない」

その言葉だけで、ヴァルキリーは意識を失ってしまった。

「……さて、邪魔者はいなくなった。改めて――久しぶりだな」

強斎の顔、強斎の口調。何より、忘れるわけのない雰囲気。

勇者たちが、止まっていた時間が動くように強斎に駆け寄った。

「強斎……。やっぱり生きてたのね」

「まぁな、色々大変だったんだぞ？　ワニの肉食ったり、野宿したり……」

鈴は強斎の声を聞いて、脱力してしまった。

「あんた……どれだけ私たちに迷惑をかけたと思ってるの？」

「それは……済まないと思っている」

「なら、帰ろ？　そこに座っているのも、何かの間違いだよね？」

「……昔の仲間が魔王って……どこか燃えるだろ？」

「そんなの……マンガの世界だけだよ……！　強斎が敵だなんて……何にも面白くない！　燃えもしない！」

強斎の胸をドンドンと叩く鈴を受け止めながら、強斎は鈴の後ろに立つ人物を見た。

「……鈴、すまない」

「えっ？」

「もうしばらく、迷惑をかけそうだ」

バタリ、と鈴は何の予兆もなく倒れた。

大地が何か言おうとしたが、その前に大地も同様に倒れる。

残されたのは……勇志とヴェレスのみだ。

「キョウサイさん……！　正気を、正気を取り戻してください‼」

「それは……本当に俺に言っているのか？」

「当たり前です！　他に誰が――」

強斎が顎で勇志を指す。

ヴェレスは反射的に勇志を見てしまった……。

「ユウシ……さん？」

「……」

「ヴェレス、お前は少し離れて見ていろ。こいつは……もう勇志じゃない」

「それってどういう――きゃっ！」

何かに抱えられるような感覚に襲われ、ヴェレスはつい声を上げてしまった。

「えっ、ルナさん⁉」

「さっきぶりですね、ヴェレスさん。主様が離れていろ、と言っていたので離れさせます」

「やっぱり……『コトリアソビ』の主も、この魔王城の主も……ルナさんの主も……キョウサイさんなのですね？」

「はい、その通りです。主様がなぜあなただけ眠らせなかったのか……その理由、しっかりと見ていてください」

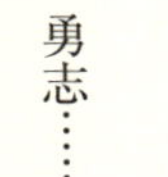

「なぁ、勇志……お前は既に意識がないんだろ？」

「……」

強斎は軽く肩をすくめる。

「いい加減見せてみろよ『神化契約』とやらをしてみてよ」

『随分と自信があるようだな』

勇志が喋っている……だが、声の質が勇志とはまるで違った。

「ああ、カッコイイ再会シーンはもう終わったんだ。次は美談でもしたいんでね。さっさと消えるか出てくかしてくれると助かるんだが？」

『ふん』

次の瞬間、勇志は光に包まれていた。

だが、それも一瞬のことで、光は直ぐに収まり、勇志の全身が姿を現す。

その姿を見て、強斎は怪しげに失笑した。

「なるほど……なるほどな……！　くくく……これは面白くなってきたぜ！」

ユウシ・スズキ（神格化）

LV134
HP　2．26601 E＋20/2．26601 E＋20
MP　2．62947 E＋20/2．62947 E＋20
STR　9．94839 E＋19
DEX　8．75016 E＋19
VIT　8．95788 E＋19
INT　1．68224 E＋20
AGI　9．01047 E＋19
MND　8．44750 E＋19
LUK　100

スキル

言葉理解
超解析
聖騎士Ⅱ
作法 LV15
剣術 LV39
威圧 LV31
状態異常耐性 LV29
火属性 LV33
水属性 LV31
土属性 LV30
風属性 LV29
光属性 LV99
闇属性 LV28
HP 自動回復速度上昇 LV30
MP 自動回復速度上昇 LV31
限界突破

属性

火・水・土・風・光・闇
神の誓約（？？？）

「まさか、神様だったとはな」

『驚くことか……？　お前は何度か会っているだろう』

「いいや、お前みたいな自我を持った神と会うのは初めてだ」

『……まぁいい。ところで、お前は妾との戦いを所望するると見られるが……本気か？』

「ああ、本気だよ」

◆◆◆

「あれが……ユウシさんの『神化契約』後の姿」

「物凄いプレッシャーですね……多分、ミーシャさんやレイアさんも歯が立ちませんよ」

「……え？」

「え？」

◆◆◆

「早くかかってこいよ。神様」

『……正直、妾は戦いを好かん』

「ほう、理由を聞いても？」

『結果が見えているからじゃ』

その言葉に、強斎は鼻で笑う。

「そんなもの……やってみなきゃわからないだろう‼」

強斎は手に魔力を込め、とあるものを生成する。

「『神槍』」

『光槍』を遥かに凌ぐ『神槍』、強斎はそれを握っていた。

「くらいやがれ‼」

『流石にやばいじゃろ⁉　それは‼』

勿論、こんなところで『神槍』を放ってはこの辺り一国が軽く吹っ飛ぶ。

「ちゃんと考慮して結界は張っておいたから、安心して直撃しろ！」

そして、強斎は……本当に黒竜王を一撃で殺した、あの『神槍』を放ってしまった。

「やばくないですか、あれ」
「あ、やっぱりヴェレスさんもそう思います？　あの威力をあんな狭い結界の中で放ったら……ユ

ウシさんの体、大丈夫なんですかね？」

「それより、先程ミーシャさんとレイアさんの話が上がりましたが、まさか……」

「それより⁉　ヴェレスさんは中々お強いひとなんですね……まぁ、はい、お二人共主様の奴隷ですよ」

「……」

◆◆◆

「……やったか？」

「当たり前じゃ。今ので生きておったら逆に困る」

煙が晴れ、勇志の姿は……見えなかった。

勇志は横になって倒れており、代わりに……見たこともない女が立っていた。

「……生きてるじゃないか」

「今はな。じゃが、確かに一度死んだ。お主、友もろとも殺すほど薄情な男であったか……？」

強斎はこの女のステータスを覗き、少しだけ興味が湧いた。

アマテラス

LV5000000
HP　8.72408E＋27/8.72408E＋27
MP　2.00389E＋28/2.00389E＋28
STR　5.71231E＋25
DEX　8.87142E＋25
VIT　5.02937E＋25
INT　2.98263E＋26
AGI　9.10384E＋25
MND　4.48732E＋25
LUK　150

スキル

剣術 LV80
刀術 LV85
棒術 LV87
体術 LV90
槍術 LV90
弓術 LV86
調教 LV90
空間把握 LV90
危機察知 LV90
天変地異の発動
無双
蘇生
火属性 LV95
水属性 LV95
土属性 LV95
風属性 LV95
闇属性 LV95
光属性 LV90
HP 回復速度上昇 LV80
MP 回復速度上昇 LV80
状態異常無効化
呪系統無効化
神威圧
限界突破
超越者
覇者
神殺し

属性

火・水・土・風・闇・光
太陽神（？？？）

「天照大神……日本神か」

「知っておるならもっと労らんかい。勝負にならないと言ったのに問答無用で殺しにこよって……」

「……勝負にならないって、そっちの意味か」

強斎はてっきり自分が下に見られていると思っての行動だったのだが……どうやら逆だったようだ。

「古い友人との再会を邪魔して悪いとは思っているが……至急、お主に頼みたいことがある」

「……お前とは初対面だよな？」

「お主はそうでも、妾はお主のことを知っている」

「……それで、頼みってのは？　手短に頼む」

強斎は近くで見ているヴェレスとルナのことを気にしながら、アマテラスを急かす。

アマテラスはその豊富な胸を大きく揺らしながら、がしっと強斎の肩を掴んだ。

「妾の母上……イザナミに会ってくれぬか？　そうすれば……お主の探していた、お主たちの正体がわかるはずじゃ」

書き下ろし短編 I

聖夜とお正月っぽい

「クリスマス……か。世間の者どもは聖夜やらプレゼントやら言っているが、元々の意味はキリストのミサ……つまりイエス・キリストへの拝礼だ。それがどうだ？　リア充どもはそんなことも知らずイチャイチャと……俺達は仏教徒じゃないのか⁉　なぁ、鈴‼」

「知らんわ！」


高校一年の12月24日、この日は珍しく、大地と澪はおらず強斎と鈴だけで遊んでいた。

「ちょっと期待して呼び出しに応じてきてみたら……なんで私があんたのリア充への愚痴を聞かなきゃならないのよ！」

「何に期待したのか知らんが、ちゃんとクリスマスイブに付き合ってくれるお前もお前だよな。あ、注文いいっすか」

強斎が、近くを歩いていた店員を呼び止める。

そう、強斎と鈴が居座っている場所……それは――――。

「『カップル限定特大パフェ』ください」

「あんたまだ食べる気⁉」

強斎と鈴が出会って間もない頃に来たことのあるファミレスである。

「まだって、まだ三杯目だぞ？」

「その三杯がおかしいから！　人の顔ほどありそうなサイズのパフェをなんでそんなに食べられるの⁉」

「む？　欲しいのか？」

「見ているだけで胸焼けするんでいらないです」

鈴は大きなため息を吐き、コーヒーを飲み干す。

「リア充のことをあーだこーだ言ってるくせに、それっぽい物は頼むのね」

「甘いものに罪はないからな。それに、鈴は恋人でも何でもないから、こういうのを頼んでも勘違いしなくて便利だ」

――グサッ

「いってぇぇぇぇえ⁉」

「店内で騒いじゃダメでしょ」

「流石に目潰しは駄目だろ⁉　急になにしやがる！」

「ふん」

強斎は店員に頼み、温かいおしぼりを貰って目元に当てる。

「まったく……。というか、何で私だけ呼んだのさ」

「いや、鈴しか呼べなかったんだ」

「は？」

「澪はバイトで、大地は旅行。勇志は消息不明の音信不通だったからな」

「へー…………ええええええぇぇぇ⁉」

「店内で騒いじゃダメだろ」

鈴が机に身を乗り出すが、強斎が軽く押さえて落ち着かせた。

「いやいやいや！　澪と大地はわかるわよ、ありがちだもん。でも、勇志はいかんでしょ⁉　連絡も何も無しでいきなり消えたってことでしょ⁉」

「うーん、まぁ、そんな感じだ」

「何でそんなに冷静に――――」

「お客様、『カップル限定特大パフェ』でございます……それと、他のお客様もいらっしゃるのでお静かにお願いします」

「あっ……すみません」

大人しく椅子に座りなおす鈴を見ながら、強斎はニヤニヤと笑っていた。

鈴は睨みつけるだけにとどめ、店員にコーヒーのお代わりを頼んだ。

「……それで、勇志はちゃんと戻ってくるんでしょうね？」

「ああ、それは問題ないぞ。今どこにいるのかわからんが、確実に戻ってくる」

「そ、ならいいわ」

「……」

「……なによ」

「いや、何というか……変わったな」

その言葉に、鈴は一瞬だけ表情を曇らせる。

が、いつもの鈴に戻り、

「ふふっ、ようやく強斎も私の魅力に気がついた？　私だって日々成長してるんだから！」

「ああ、胸とか前に比べてもっと――――」

――グサッ

「がぁぁぁぁぁぁあああ!?」

「また目潰しするわよ!?　この変態！」

「もうしてるから⁉　てか、二回目はダメだって！　マジでやばいから！」

「次セクハラしたらフォークで刺す！」

「洒落にならん！」

「……お客様？」

「「すみませんでした！」」

笑顔で怒りを滲ませる店員からコーヒーを受け取り、一旦落ち着いた二人。

最初に口を開いたのは鈴だった。

「……それで？　変わっただなんて、急にどうしたのよ？」

「鈴は……この店のこと、覚えているか？」

その質問に対し、鈴は目を見開いた。

「まさか……あんた、覚えていたの？」

「覚えていたのって……そりゃ、今みたいに擬似カップルとして入ったし、覚えているだろう」

このファミレスは、鈴が夜道で襲われていたのを強斎が助けた帰り道、二人で入った店なのだ。

その時も、強斎はカップル限定の特大パフェを頼んでいた。

強斎の言葉に、鈴の表情が少しだけ緩む。

「そっかー、覚えてくれたかー」

鈴は頬を緩めながら、スプーンを伸ばして強斎のパフェをさらっと食べていく。

強斎は見て見ぬふりをし、話を続けた。

「それでだ……かなり変わったよな、お前」

「……そうね、誰かさんのせいでね」

鈴は天を仰ぎ、何かを思い出すように目を細めた。

「今は大地に簡単な護身術を教えてもらったから、男の前でもある程度強気でいられるし、性格だって自分でもわかるぐらいに変わった……ううん、変えた。それもこれも、全部あの日に強斎と出会って、こうやって一緒に甘いものを食べたからなんだよ？」

「そうか……そうなのか」

「なによ、今更改まって」

「いや、な。もしかして鈴がこんなふうになってしまったのは、俺のせいなのかなって思って」

「は？」

鈴は強斎の頭を掴んで、自らの顔を寄せる。

「あんた、今の私が気に入らないってわけ？」

「痛い、痛いって」

「いいから答えろ」

「……別に俺は今の方が親しみやすいし、気楽だ。だが、男受けなら前の方が良かったんじゃないかと思――――」

「ふんっ！」

――ゴツン

「いったぁ……」

「……何やってんだ？」

鈴は自ら強斎の頭に頭突きをしたのだが、強斎の石頭のせいで逆に自分の額を痛めてしまった。

そんな強斎の呆れを無視して、鈴は額をさすりながら話を続ける。

「私は別に万人受けしようなんて思っていないわよ。確かに昔は、周りの目とか気にして目立たないようにおしとやーかに暮らしてたけどね！　今は大地や勇志や澪。それに強斎がいるじゃない」

「？」

「だーかーら、本当に大切な友達さえいれば、それでいいって言ってるのよ」

「そんなもんか？」

「そんなもんよ」

強斎が三杯目のパフェを綺麗に完食したのを見計らって、鈴もコーヒーを飲み干した。

「さて、今日はクリスマスイブな訳だけど……私たちはどうするの？」

「リア充達を冷やかしに――」

「そ、じゃあ帰るわね」

「ごめん、冗談」

立ち上がる振りをした鈴を必死で止める強斎に、鈴は内心で笑っていた。

「正直に言うと特に決まっていない。ゲーセン行ってもいいし、カラオケでもいいと思っている。ぐだぐだ話せるとこならどこでもいい」

「マジで愚痴をぶつける為だけに呼んだのね……ほんっと、ブレないわね……」

「ははは、知らんな」

溜息を吐き、鈴は立ち上がって店から出るように強斎に促す。

会計を済ました強斎は、言われるがままに鈴について行く。

そして、ついた場所は――――。

「――――図書館?」

「そ、図書館」

鈴は軽い足取りで館内に入り、本も取らずに椅子に座る。

クリスマスイブのためか、いつもよりも人が少ない。

強斎も鈴の横に座るが、未だに図書館に来た意図がわからなかった。

数分経っても、にこにこしながら椅子に座っているだけの鈴を見て、ようやく強斎の口が開く。

「……何しにここに来たんだ？」

「？　何しにって……特に考えてないけど？」

「はぁ？」

ますます意味がわからなかった。

「まぁまぁ、たまにはこういうのもあっていいじゃない。勉強するわけでも、本を読みに来たわけでもなく、ただただここに来るってのもね」

「意味がわからん……」

「昔を思い出したってことよ。あの時は、結局強斎とは来られなかったから」

「⁇」

その日は結局、ただただ図書館でぼーっとするだけで一日が終わってしまった。

強斎は不服だったが、鈴は何故か満足していたという。

◆◆◆

「鈴さんや」

「なんだね、強斎君」

「クリスマスってさ、なんでイブと合わせて二日間ってイメージが強いんでしょうか。不思議でしょうがないのです。なんで二日間もそわそわしなくちゃいけないいんだ」

「つまり家にいても何か寂しいし、かといって外出すればクリスマスムードでいたたまれない気持ちになると」

「いえす」

鈴は額に手を当て……。

「……あの、だからって私の家に押しかけないでくれる？」

今日は12月25日。昨日は一緒にファミレスでパフェを食べ、図書館に行って別れた強斎と鈴だったが、今朝、再び強斎が澪の家までやって来たのだ。

「用事でもあったのか？」

「……暇だけど」

「ならいいじゃないか！」

「よくないわよ⁉」

鈴は玄関前でへらへら笑っている強斎をキッと睨み、勢い良く扉を閉めた。

口元を緩めながら、そのまま玄関前に立っている強斎。

暫くすると家の中からどたばたと物音が聞こえ、止んだと思ったら、玄関の扉から着替えてきた鈴が姿を現した。

「ふむ……」

「な、なによ……」

強斎は鈴の全身を観察し……。

「化粧していない鈴も可愛いぞ！」

「はったおすわよ？」

と言いつつ、若干照れている鈴の様子に強斎は気がついていない。

「というか、お前化粧する理由とか特になくないか？」

「ん？　それは貶してるのかな？　褒めてるのかな？　理由を言ってみ？」

「童顔だから、化粧しても背伸びしてるようにしか見えない」

「ぶっ飛ばす‼」

鈴の鋭い蹴りを軽く避け、そのまま鈴を担ぎ上げた。

「は？　ちょ、何するのよ⁉」

「蹴ってそのまま家に入りそうな雰囲気だったから、このまま担いで行く」

「帰らないから！　帰らないから下ろしなさい‼」

「まぁまぁ」

「こちとら恥ずかしんじゃボケェ！」

「ねぇ、強斎」

「ん？」

「あんたさ、私をいじめてそんなに楽しい？」

「めっちゃ楽し――――ぐほっ⁉」

鈴が、わしづかみにしたボウリングの球で強斎の腹を殴った。

反射的に蹲った強斎を尻目に、鈴はコースに向きなおる。

「暇だけど……暇だったけどさ！　なんでクリスマスにボウリングなわけ⁉　あー、もう！　こんちくしょう‼」

強斎を殴ったボウリングの球を、そのままピンに向けて投げる。

ちゃっかりストライクを取るが、鈴は一切喜んでいなかった。

「だいたい、澪は何をやってるのよ！　イブにバイトはわかるけど、何でクリスマスもなのよ！」

「あいつ、今日もバイトだってよ。何か買いたいものがあるとかなんとか」

「くっそおおおぉぉぉぉぉぉおおおおお！」

「おー、トリプルストライク。やるなぁ」

パチパチと手を叩くが、鈴に睨まれてしまった。

「はぁ、はぁ……。ふぅ……」

「……落ち着いたか？」

「……落ち着けると思う？」

「デスヨネー」

しばらく鈴の叫び声がボウリング場に鳴り響いた。

鈴の苦労はまだまだ続きそうだ。

強斎は悩んでいた。

「鈴の家に来たのはいいが……」

今日は1月1日。新年が明け、気分も何となく晴れやかである。

「お年玉を用意していない……」

「誰が子供じゃ!?　同年代から貰うなんぞ気が引けるわ!!」

玄関の扉が勢い良く開かれ、中から物凄い形相の鈴が飛び出てきた。

「おーっす、あけましておめで――――」

――バタン。


「閉められた⁉　何故だ⁉　ただ新年の挨拶に来ただけなのに⁉」

一瞬でしまった後、少しだけ開いた扉の隙間から鈴が顔を覗かせる。

「いーや！　違うね！　ここまで来たってことはどうせどこかに連れて行く気なんでしょ⁉　今日こそは家でゆっくりとしたいの！　後、あけおめ！」

「お、おう」

流れでちゃっかり新年の挨拶をする鈴に驚きながら、強斎は扉から離れる。

（流石にこうも拒否されると無理矢理一緒に出かけるわけにもいかないしな……特に行くあてなんて――――あ）

強斎は鈴を振り返らずに、「わかった」とだけ言って、走り去っていった。

「……本当に挨拶だけだった？　なら、悪いこと言っちゃったかなぁ」

扉の隙間から強斎が走り去っていくのを見た鈴は、そんなことを呟くのであった。

「……」

鈴の家を後にした一時間後。

強斎は、墓前に立っていた。

何も喋らず、ただひたすら墓石に刻まれた『鈴木』という字だけを眺めている。

すると、背後からサクサクと枯葉を踏む足音が聞こえた。

「やあ、強斎。あけましておめでとう」

「勇志……戻ってきていたのか」

強斎が振り向くと、ダウンジャケットに身を包んだ勇志が軽く手を上げていた。

勇志は強斎の横まで歩いてくると小さく微笑み、手に持っていた花束を墓前に供える。

お正月とあって、周りに人の気配は全くないのだが、強斎はここまで近づくまで勇志が来たことに気がついていなかった。

強斎が集中しすぎていたのか、それとも勇志が気配を消していたのか。

「それより……何かわかったか？」

勇志を見る強斎の目は、真剣そのものだった。

勇志も何故強斎がこのことにこんなに真剣なのか理由を知っているので、普段のように茶化すようなことは一切しない。

強斎も、そして勇志も大いに関わっていることなのだ、二人の情報共有は大切だ。

しかし……。

「ごめん、姉さんのことは……何も……」

「そうか……」

勇志は、何も強斎に報告することができなかった。

高校が冬休みに入ってすぐ、勇志は、勇志の姉の秘密を探す旅に出ていた。

強斎と勇志は、勇志の姉の秘密を探していた。

十年ほど前にこの世を去った彼女は、人間とは思えないほどの身体能力を持ち、周りから『異世界人』『化物』と呼ばれていた。そんな勇志の姉は、一般人として暮らすことはもちろんできず、定期的に国家機関の施設に呼ばれていた。その期間は長いと数ヶ月に渡り、その間何をしているのかは、家族にさえ知らされていなかった。

そんな彼女と物心つく前から一緒にいるはずなのに、強斎は、彼女の能力の秘密を一切知らない。

実の弟である勇志ですら、強斎と同じようなものだった。

「まぁ、まだ時間は沢山ある。ゆっくりと探していこうじゃないか」

「そうだね……」

墓前から立ち去る強斎についていこうとする勇志だが、ふと足を止め、墓前まで戻ると手を合わせた。

「姉さん……僕たちはちゃんと高校生になったよ。僕なんてもういろんな団体から目をかけられていて、将来も安泰なんだよ？　強斎は……まぁ、制御を間違えちゃって規制されまくって、成績も少しだけ危ないけど……楽しくやってるよ。きっとね」

勇志は少し離れたところで待っている強斎を一瞥し、小さく笑った。

「まだ話したいことといっぱいあるけど……もうそろそろ行くね。バイバイ、姉さん」

勇志もその場を立ち去り、また、墓地は静寂に包まれる。

「せっかくだから、初詣に行こうか」

「野郎二人でか……？　まぁ、いいが」

墓地からの帰り道には町で一番大きな神社が建っており、正月はいつも参拝客で賑わっている。

その神社に寄る強斎と勇志。

強斎は普段は少しだけ厨二っぽい思考をしているが、神様などはあまり信用していない。

ただ、神話や伝説は好きなので、そういうネタの多い神社に全く興味がないというわけではなかった。

「やっぱ人多いねー。先におみくじ引いちゃおうか」

「お好きなように」

おみくじのある社務所へたどり着くだけでも一苦労だが、参拝の列よりは人が並んでいないので、思ったよりも早く済みそうだ。

そこで、意外な人物に出会った。

「あれ、強斎と勇志じゃん。いらっしゃーい」

「澪か……？」

「あら、巫女姿の私に惚れちゃった？　照れるなぁ」

そこにいたのは、巫女姿でおみくじをわたす澪だった。

「バイトしてるって聞いたけど……ここでバイトしてたんだ」

「まぁね。勇志がいない間にも色々なところでバイトしてたけど……今はここだけだよ。あ、あけましておめでとう！」

そう言いながら、澪は強斎と勇志におみくじを一つずつ渡してきた。

「二つで四百円ねー、まいどありー」

「ちゃっかりしてるなぁ」

強斎と勇志はお互いに二百円ずつ出し、その場を後にする。

「強斎は何だった？」

早速開け終わった勇志だが、強斎は未だに開けていない。

「……どうしたの?」

「いや、開けるの早いなって」

「僕、こういうの好きだからね。ついでに僕は末吉。何とも微妙なことが書いてあった」

強斎は鼻で笑いながらおみくじを開けた。

「……大吉だった」

「絶対仕組んだよね、澪」

「いや、本当に俺の運かも知れないぞ?」

「……まぁ、いいけどさ」

勇志は溜息を吐きながら参拝へ向かう。

その列の長さに強斎の顔が思わず引きつる。

「これ……並ぶのか?」

「もちろん」

勇志は晴れやかな笑みで逃げようとする強斎を引っ張り、参列した。

◆◆◆

「疲れた……かなり疲れた」

「お疲れ。どこか座って休憩しようか」

人に揉まれながら参拝を済ませた二人。

ようやく人ごみから抜け出したのだが、、座れるようなところは一見見当たらない。

「うーん……この辺りにはなさそうだね……来たばっかりだけど、神社から出ようか」

「そうしてくれるとありがたい」

神社から少し歩くと小さな公園があり、そこにはあまり人がいなかった。

「よいしょっと……ふぅ、疲れた」

「並ぶだけでばててたもんね、強斎」

公園のベンチに座り、大きく息を吐きぐったりとした強斎に勇志は苦笑い気味だった。

「そういえば、強斎は何を願ったの？」

「それって言っていいものなのか？」

「大丈夫大丈夫。僕、神様とか信用してないし」

「なのに神社に連れていったのか⁉」

ニコニコと笑顔を崩さない勇志に、強斎は呆れながらも答える。

「別に、これといったことは願ってねぇよ」

「で、何を願ったの？」

「魔法を使いたい」

「……は？」

「いや、魔術でも魔法でもどっちでもいいから使ってみたいなーって」

「……そっかー」

勇志は一瞬だけ困惑顔になっていたが、直ぐに笑顔になる。

心なしか、先程より優しい笑みになっていた。

「……おい、なんだその可哀想な人を見る目は」

「いや、何でもないよ。ただ、強斎はやっぱ強斎だなーって思って」

「ぐっ！　な、ならお前は――」

「もし迷子になっても、自分が生まれ住んでた場所にちゃんと帰れますようにってお願いしたかな」

「……普通過ぎないか？」

「そうかな？　まぁいいじゃない、普通でさ」

勇志はそうやって笑う。

強斎もほんの少し不服だったが、納得できていた。

だが、二人は気がついていない。

――『二人』の願いが同時に叶ってしまうことに。

◆◆◆

そして、時は進み異世界にて――。


「へー……キョウサイ様の住んでいた世界にはそんな文化があるんですね」

異世界に年の変わり目に行う行事は存在しない。一応年はカウントされているが、日付が変わるのと同じ感覚であり、意識するようなものではないのだ。

ミーシャに正月の思い出を教えていたところ、中々受けていた。

レイアやルナまでもが話を聞きたがり、遂にはゼロまでもが好奇心に駆られて横に座っている。

「まぁ、俺は大人になる前にこの世界に来ちまったから、正月ってのはただ金が貯まる日ってイメージが強いな。働いている大人は大変だと思うぞ？　何せ、親戚の子供にひたすら配るんだからな……自分が頑張って稼いだ金を」

「そう言えば、キョウサイ様のご両親ってどんな方なのです？」

強斎はふと考える。

「両親……両親かぁ……特に印象はないが……強いて言えば、少し他人行儀だったかな」

「親なのに？」

「ああ、優花……あー……俺の友人の姉のことなんだが、そいつとは仲が良かったらしいがやっぱり敬語だったかな……。優花が死んでからは何というか、家族っていうより雇われ人って感じの人だったぞ」

今思うと、不思議な人たちだったと感じる強斎。

「あの……キョウサイ様、もう一ついいですか？」

「ん？」

「ご友人のお姉さん……その人は、どんな人でしたか？」

「悪魔」

即答だった。

「あいつ、まだ小さかった俺に水の上走れとか、素手で岩石割れとか言って来るような頭おかしい奴だから」

「今の主人が言っても説得力全くないけどね」

ゼロがボソッと強斎に聞こえるように呟くが、完全に無視する。

「まぁ、尊敬はしていたかな。いつか、俺もあんなふうに強くなりたいっていつも思っていたし……」

「……まさか、今のキョウサイ様より強かったり……？」

「ははっ、流石にそれは……ないと思う。身体能力は常人じゃなかったけど、耐久面は人間よりちょっと強いってぐらいだったから……。ただ、俺はあいつの本気を一度も見たことがないから、正確なことはわからない。本当に謎の多い奴だったな……」

異世界にも四季はある。体感だと、そろそろ地球でも年を越す頃であろう。

強斎は、地球でやり残したことがいくつかある。

その中の一つ――――、

（すまない、優花。お前の墓参りはちょっと無理そうだ）

書き下ろし短編Ⅱ

バレンタインデーっぽい

自分たちが異世界に行くなど、微塵も考えていなかった平和な時期。

ただ、今日――2月14日。バレンタインデーだけは、平和とは言い難かった……。

「野郎どもぉぉぉぉ‼　小鳥遊を殺せぇぇぇぇ‼」

『うおおおおお‼』

四人の勇者に巻き込まれて異世界転移する運命を持った普通の……とは言えない高校一年生。

小鳥遊強斎は、男どもの集団から逃げていた。

「くっ、こっちにも追っ手が……」

正面の廊下から走ってくる男子たちを見た強斎は、向きを変え、階段を猛スピードで駆け下りる。

強斎は何故こんな目に会っているのか、走りながら今一度考える。

そして、毎度同じ結論に至る。

「……理不尽だ」

強斎の通っている学校は、ちょくちょくイベントがあったりする。

文化祭や体育祭は勿論、２月14日……そう、バレンタインデーにもイベントがあるのだ。

内容は簡単に言ってしまうと、『鬼ごっこ』。

逃げる側と捕まえる側、つまり鬼に分かれて、一定時間の間、逃げる側が一人でも残っていれば逃げる側の勝ち。時間までに逃げる側を全滅させれば鬼の勝ち。というシンプルなルール。

捕まえたかどうかの判定は、逃げる側の頭に結んであるハチマキが残っているか否か。

つまり、ハチマキさえ取られなければ、鬼にいくら触れられようがセーフなのだ。

だが、このイベント。過去に逃げる側が勝利したことは一度もない。

その理由は詳細なルールにあった。

その一部を紹介しよう。

・逃げる側の総数は参加生徒数の一割未満とする。
・逃げる側の人選は参加生徒の多数決によって決められる。
・逃走可能範囲は学校の全ての敷地とする。
・制限時間は8時から18時までの10時間とする。
・このイベントでの多少の傷は覚悟しろ。

めちゃくちゃにも程がある。

ついでにだが、この『鬼ごっこ』に女子は参加しない。

女子は別室で勝利側へ贈るチョコを作ったり、のんびりと『鬼ごっこ』を観戦したりしている。

そのせいで余計男達に火が付くというのもあるのだが。

◆◆◆

「この学校、頭おかしいだろ……」

不運……というか、必然的に逃げる側に選ばれてしまった強斎は盛大な舌打ちをして、手頃な教室に逃げ込む。

このイベントで逃げる側に選ばれるのは大体決まっている。

バレンタインデー当日に確実にチョコレートを貰える奴だ。

貰える数が多ければ多いほど、逃げる側に当選する確率は高くなる。

つまり、野郎どもが嫉妬をぶつける生贄にしたいだけだ。

「小鳥遊の野郎！　自ら逃げ場のない教室に逃げ込んだぞ！」

「ヒャッハー！　汚物は消毒だぁぁぁぁ‼」

男たちが、強斎が入っていった教室に次々となだれ込む。

だが、全員例外なく、足を踏み入れたその場でぴたりと動かなくなり、血走った目で教室を見回している。

「消えた……だと……？」

「馬鹿な……⁉　探せ！　あいつは確かにこの教室に入っていったはずだ！　絶対どこかにいるはずだ！」

男たちが立ち止まった理由はただ一つ。教室にいるはずの強斎の姿がないからだ。

だが、その理由が明らかになるまでそう時間はかからなかった。

「お、おい……マジかよ……⁉」

「どうした⁉」

「小鳥遊の野郎……校舎外にいやがる！」

『⁉』

その意味……即ち。


「あいつ、ここから飛び降りやがった！」

「ふざけるな！　ここが何階だと思っている‼　四階だぞ‼」

「だけどよ……ほら、あいつ外で走り回ってるぞ」

確かに、強斎であろう人間が、男の群れに追われながらグラウンドを走り抜けているのが見える。

「おいおい……15メートル以上ある所から飛び降りて、そのまま走れるのかよ……」

「化け物……」

今年のバレンタインデーは……高校の歴史を塗り替える日になるかもしれない。

「はぁ……はぁ……。後……五時間……」
追っ手を巻いた強斎は、体育館裏で腰を下ろして休んでいた。

同時に、自分の腹部から唸り声のような音が聞こえてくる。

「腹減ったな……ていうか、なんで俺が選ばれたんだ……？」

この嫉妬まみれの『鬼ごっこ』の存在は知っていたし、逃げる側になりやすい条件も知っていた。

ただ、強斎はどうしても自分が選ばれることに納得できなかった。

「俺にチョコをくれる相手っつたら、澪ぐらいだぞ……？　複数人からなんて、勇志とか大地ぐらいだろうが……」

「いや、３人なんて、複数人てレベルじゃないか」と小声で付け加え、重い腰をゆっくりと上げる。

実は、強斎がチョコレートを澪以外から貰えないのは、その澪自身に問題があった。

狂気ともいえる澪の威圧は鈴ですら怖気付く……とだけ言っておこう。

「っと、そろそろここもヤバいな」

少しずつ場所を変えながら観察していたところ、少なくとも12人、この体育館周りを鬼がうろついている。

「ちょっと待て。12人ってなんだよ12人って」

「そりゃ、強斎を足止めするにはこれぐらい必要でしょ」

背後から聴き慣れた声がしたので、ゆっくりと後ろを振り向く。

「……勇志」

「ん？　あんまり驚いてないね？」

今回、勇志には逃げる側への票は一票も入っていなかった。

まるで、誰かにそう強制されたかのように。

「女子たちの陰謀、ってか組織票でお前が鬼になることはわかっていたしな。そして、鬼になったら俺の前に立ちはだかることも」

「それ、女の子達が動かなかったら僕が逃げる側になってたみたいに言ってない？」

「事実だろ」

「心外だな。でも、僕が鬼にならないと、強斎とは戦えないから」

そんな話をしているうちに、強斎と勇志の周りを鬼が囲んでいた。しかし、強斎を捕まえる様子は無い。

首を傾げる強斎だが、何かに思い当たったようにぽんと手を叩いた。

「なんだ勇志、俺と一騎打ちでもしたいのか？」

「うん」

躊躇いもなく、男でも惚れそうなほど綺麗な笑顔で頷いた。

「大丈夫だよ。ルールにもあるでしょう？」

「『多少の傷は覚悟しろ』だっけか」

「そ、だから久しぶりに――――」

瞬間、相対している勇志の雰囲気ががらっと変わった。

それは強斎だけでなく、周りの人間にも分かる程の変化。

「俺と戦おうよ」

「はっ、いきなりブチ切れモードかよ」

勇志は感情が不安定になると一人称が『俺』に変わる。

そして、その状態の勇志は……。

「ふっ！」

「!?」

強斎は背後からの廻し蹴りを間一髪で避ける。

「あっぶねぇ……。さっきの、絶対『多少の傷』で済まないぞ」

そう、勇志は人間の限界を超えてしまうのだ。

「なんだよあの二人……」

「人間じゃねぇ……」

そんな声が周りから聞こえてくるが、二人の耳には入ってこない。

それもそのはず。

「ははっ、凄い……！　凄いよ！」

「お前、そんなに戦闘狂だっけか……？」

音速に迫る攻防による、激突音やら破壊音やらなんやらで、外野の声などかき消されてしまうからだ。

攻撃を塞げば空気が破裂し、避ければ衝撃波で切り裂かれる。

そんな超次元な戦いを、高校生二人がやっているのだ。

だが、そんな戦いも終わりを迎えようとしている。

「はぁ……はぁ……っ⁉」

「今だ！」

勇志が足を滑らせて重心を崩す。

強斎はその隙を逃さず、勇志の腹部に拳を叩き込んだ。

――ズドォォン‼

建物が崩れ落ちるような音とともに、決着はついた。

「ぐっ……がはっ！」

勇志が体育館裏の壁に若干めり込んでおり、そのまま気を失う。

前のめりに倒れそうだったので、強斎がそれを支えて地面に寝かす。

「おい」

強斎が一声かけると、観戦していた鬼たちは全員ピンと背筋を伸ばし、怯えを隠そうともしない。

「勇志を保健室に連れて行ってやれ。今すぐにだ」

『は、はい‼』

その場の鬼が、誰ひとり強斎を捕まえることはなかった。

（あーあ……やっちまった）

強斎は先ほどの勇志との戦闘について、ひどく後悔していた。

（あんな戦い方しちまったら、俺も勇志も今後の学校生活に支障を来すだろう……っていうか、いきなり戦闘モードに入る勇志の行動がおかしい。うん）

強斎は逃げながらもこっそりと購買で買ったパンを貪りながら、屋上で若干現実逃避を始めていた。

（あいつ、あんなに好戦的じゃなかったはずだが……何故だ？）

思い当たる節を探そうとした刹那――。

「⁉」

気配が……した。

「ははっ、流石……強……斎……ぐっ」

「大地……？　おい、どうした！」

振り向くと、汗でぐっしょりと濡れ、ボロボロになった大地がいた。

いつも堂々としている足取りは、ふらふらとよろめき、今にも倒れそうだ。

驚く強斎の近くまでくると、大地は膝をついてしまった。

「しっかりしろ！　誰だ！　誰にやられた⁉」

大地は強斎や勇志に届かないにしろ、驚異的な身体能力を持っている。

その大地がここまでフラフラになるなんて、よほどのことがない限りあり得なかった。

「強斎……。気をつけろ……敵は……本当の敵は……ぐふっ！」

「本当の敵……？　そいつにやられたのか⁉」

「はぁ……はぁ……。もう、逃げる側はお前しか残っていない……。だから、もうすぐ、お前のもとに……来る……は……ず………」

「大地……大地‼」

目を閉じた大地のハチマキは、既になくなっている。

強斎は大地をその場に寝かせ、ゆっくりと立ち上がった。

「残り二時間……。残りは……俺だけなのか」

強斎はゆっくりとした足取りで、体育館に向かった。

「鬼の気配が全くない……。まさか、鬼までやられたというのか？」

強斎が体育館に来るまで、逃げる側は勿論、鬼にも会うことはなかった。

流石の強斎も、この状況は異常だと認識する。

突然の襲撃に備え、体育館の扉から目を離さぬよう、後ろ向きで中へ歩いていく。

「勇志のあのブチ切れモード……本当の敵とかいう奴が仕組んだのか？」

「あ、勇志、怒っちゃったんだ」

「⁉」


強斎は一瞬たりとも周囲の警戒を怠っていなかった。

だが、その人物の存在に気が付くことができなかった。

その人物は強斎の背後……体育館の舞台の上に立っていた。


「み……お……？」

「やっぱり強斎は生き残っててくれたんだね。私は信じてたよ」

「なんで……なんで澪がここにいるんだ？」

「え、だって」

澪はどこからともなく、『包丁』を取り出す。

「私、捕まえる側だもん」

「は？　え？　ちょっ……」

「女子が参加しちゃいけないってルールはないからね。参加しちゃった」

可愛く舌をぺろりと出すが、強斎はその仕草に萌える余裕などなかった。

「なんで……包丁……」

「一応、チョコレートも作ったからね。片付ける余裕がなくて、作業着のままで来ちゃった。このエプロン、可愛いでしょう？」

フリフリのエプロンを見せつけるように後ろで手を組み、はにかむ澪。

だが、強斎は冷や汗を掻くしかなかった。

（あれ……？　何か包丁の色、変じゃないか……？　血でも付いてるみたいに黒ずんで……）

澪が壇上からすとんと下りる。

それに気圧されたように、強斎が後ずさる。

「あ、私が強斎の敵についた理由？　別に強斎の敵になりたかったわけじゃないんだよ？　ただ……」

「……」

強斎は、かつてここまでの恐怖を感じたことはなかった。

足が震え、まるで拘束されたかのように動けない。

だが、澪の足取りは止まることなく、ついに強斎の目の前にたどり着いてしまった。

「強斎なら、この『鬼ごっこ』。絶対に勝っちゃうでしょ？　そしたら、他の女の子からチョコレートを貰うことになる……だからね」

澪はポケットに入っていたのであろう小さな箱を取り出し、開ける。

その中には色も形も売り物のように完璧で、美味しそうなチョコレートが入っていた。

「これ、私が愛（狂気）を込めて作ったチョコレートなんだよ。勇志や大地にも試食段階のを食べてもらって、反応を見て、更に愛（狂気）を込めて作ったの。いやー、このためにいっぱいバイトしたって言っても過言じゃないね」

「チョコレートを作るだけなのにか……？」

「うんうん、日本じゃ売ってなかったから、海外から輸入しちゃった」

「は……？　海外……？」

その言葉を聞き、今まで以上に身が震える。

「そそ、海外の薬品。普通に頼んだら検査で引っかかって速攻アウトだから、原材料を揃えて、私が一から作ったんだよ？　気分を盛り上げる薬を多めに入れた試作品を勇志に食べさせたら、何か興奮して走って行っちゃったんだよね。ま、こういう話はどうでもいいよね？　早く強斎に食べてほしいなっ」


「あ、いや……その……」

「あ、まだイベントが続いているから食べられないって？　じゃあ」

澪の包丁を持っている腕が目にも止まらぬ速さで動いた。

はらり。と、強斎のつけていたハチマキが地に落ちる。

チョコ

「はい、これで逃げる側は全滅。イベントしゅーりょー」

「……」

「さ、食べて食べて！」

「――」

「はい、あーん♪」

「――」


強斎は、めのまえが、まっくらになった。

「うわあああああ⁉」
「あ、強斎。おはよー」

強斎は、自分の絶叫で目を覚ました。

慌てて周囲を見ると、いつもと変わらない自分の部屋。

何故か、横には澪がいる。

「はぁ……はぁ…………夢？　チョコレートは？」

「ん？　何が？」

「あ、いや……2月14日……」

「もー……夢見ちゃうぐらいイベントが楽しみだったの？」

「え？」

　強斎は未だはっきりしていない頭で、澪の言葉を聞く。

「生徒の大半がインフルエンザにかかっちゃって学校は休校。バレンタインのイベントもなしになったんだよ？」

「そ、そうなのか？」

「ほら、強斎もそのうちの一人なんだから。ゆっくり休んだ休んだ」

　どこか見覚えのあるようなエプロンを着けた澪に、強制的に寝かされる強斎。

（そっか……あれはただの夢だったのか……よかった……）

　とてつもない安堵により、激しい眠気が強斎を襲う。

「あ、強斎と勇志が壊した体育館裏の壁、原因不明の崩壊として処理されたらしいよ。よかったね」

　澪が何かとんでもないことを言った気もするが、強斎は眠気に負け、その言葉の意味を理解することはなかった。

あとがき

あけましておめでとうございます！　今年もよろしくお願いします！

ついに四巻……！　四巻まできちゃいましたよ！

そしてΩですよΩ！　ＯＭＥＧＡ！　究極にして最終って意味らしいですね。

はい、どうも海東方舟です。

このたびは『巻き込まれて異世界転移する奴は、大抵チート』の第四巻を手に取っていただき、ありがとうございます。

今巻は『小説家になろう』で書かせていただいた内容とは、だいぶ違う内容になっていますね。

ミーシャやレイアの秘密、そして勇志の姉『鈴木優花』の存在。更には新キャラアマテラスの言っていた『正体』。そして、勇者達との再会……。強斎の物語はこれから忙しくなりそうですね。

書き下ろしの短編ですが、ちょっとだけ一巻と繋がってたりします。

鈴ちゃんの謎の行動の原因は一巻を読めばわかると思います。読んでください。

え？　持ってない……？　買ってください！

次巻で色々明かされる……といいなぁ……。

そういえば、最近カードゲームにハマりすぎてトランプに手を出しちゃいました。

直ぐに飽きちゃわないようにしたいです……。

それと、三巻で体調崩さないようにって書きましたよね？　すみません、崩しまくりました。自分が言ってて自分ができないとは……。


最後に謝辞を。

かぼちゃ様、お忙しい中、無茶な注文を受けていただきありがとうございます……！　今回も素晴らしかったです‼

担当様、かなりギリギリアウトでしたのに、素早く対応してくださってありがとうございます！

いや、ホントすみませんでした！　今後はもっと余裕持ちます！　断言はできませんが！

作品に関わっている皆様、そして、本を取って読んでくださった読者の皆様、本当にありがとうございます‼　今後も頑張りたいと思います‼


それでは、次巻で……会いたいな‼

海東方舟

海東方舟（かいどう ほうしゅう）
最近コミュ障に磨きがかかった気がする……このままじゃ……やばい!
だけど相変わらずご都合主義の王道展開ラブコメが好きなんだ!!しょうがないでしょう!!好きなんだから!!
年上の人とかヒロインにいると燃える。いや、萌える。

イラスト **かぼちゃ**

※本書は、「小説家になろう」(http://syosetu.com/)に掲載されていたものを、改稿のうえ書籍化したものです。
※この物語はフィクションです。作中に同一の名称があった場合でも、実在する人物、団体等とは一切関係ありません。

巻き込まれて異世界転移する奴は、大抵チートΩ
（まきこまれていせかいてんいするやつは、たいていちーとおめが）

2017年2月4日　第1刷発行

著者　海東方舟

発行人　蓮見清一
発行所　株式会社 宝島社
〒102-8388　東京都千代田区一番町25番地
電話：営業03（3234）4621／編集03（3239）0599
http://tkj.jp

印刷・製本　中央精版印刷株式会社

ISBN978-4-8002-6630-9